어쩌다 보니, 주식

이학호 지음

어쩌다 보니, 주식

북산

차례

추

자본주의 국가에서 비루함을 느낀다면 자존감이 바닥으로 떨어질 것이다. 《함께성장인문학연구원》에서는 '나를 세우는 네 가지 기둥'을 연구하고 있다. 이 중 마지막 네 번째가 경제력인 이유는 바로 이 때문이다.

《함께성장인문학연구원》에서 치유와 코칭 백일 쓰기 1기 작가로 그를 만난 지 어언 13년이 지났다. 그를 처음 만났을 때 미혼이었고, 아직 젊음을 누려야 하는 때였다. 하지만 그는 이미 어떻게 자신의 삶을 디자인해야 할 것인가에 대한 질문으로 가득 차 있었다.

이 책은 그중 경제력에 관한 연구를 집합한 저자의 결과물이라 할 수 있을 것이다. 부모보다 가난한 시대를 사는 세대라거나 흙수저라는 신조어에 휘둘리지 않고, 스스로 경제력의 기둥을 세워간 작가의 비결은 단연 '탐구심과 무던함'이다.

가난에서 탈출하는 돌파구로 주식을 연구한 그

시간이 저자가 '자녀에게 물려줄 수 있는 우선 종목'이 될 것이라는 걸 믿어 의심치 않는다. 그는 앞으로도 생의 주기에 따른 질문에 골똘하게 대답해가며 지혜로운 길을 걸어가는 한 사람이 될 것이다.

　주식에 대해 궁금한 이들에게 『어쩌다 보니, 주식』의 일독을 권한다.

함께성장인문학연구원 원장

정예서

어쩌다 보니, 주식을 하게 되었습니다. 결혼하기 전에 주식으로 결혼자금을 준비할 수 있었던 경험이 있고, 하는 일이 그런지라 하루도 빠지지 않고 신문을 본 덕분에 주식투자는 어렵지 않았습니다.

어쩌다 보니, 인터넷 공간에 주식 카페를 하나 만들어서 자발적인 방장이 되기도 했습니다. 매주 금요일마다 계좌를 공개하는 나만의 공간에 투자와 관련된 이야기들을 남기곤 했습니다. 집과 직장에서 다람쥐 쳇바퀴 돌 듯, 반복되는 뻔한 일상에 주식과 카페 운영은 하나의 이벤트 같은 재미를 주었습니다.

21년 새해가 밝으면서 주식시장은 그 어느 때보다 뜨거웠습니다. 사람들은 '주식으로 부자 되기'가 새해 소망이라도 된 듯이, 마이너스 통장을 만들고 신용을 쓰면서까지 있는 돈 없는 돈을 끌어다가 주식투자를 하기 시작했습니다. 주가가 오르니 저도 기분이 좋았습니다.

대한민국의 냄비근성은 길게 가질 못합니다. 2

월이 되면서 주식시장에 조정이 오더군요. 그렇게 사람들도 주식시장에 흥미를 느끼지 못하는지, 1월에 보여준 화끈함을 이어가지 않았습니다. 냄비가 식어가는 것처럼 느껴졌습니다.

당연히 저의 잔고도 상승을 멈춘 채, 정체되기 시작했습니다.

주식 전문가들이 이럴 때마다 사용하는 필살기가 있습니다. 이름하여 '무협지론'입니다.

조금 우습게 들릴지 모르겠지만, 주식투자의 핵심은 결국 시간을 이겨내는 것입니다. 그래서 저는 카페에 '무협지와 여행'이라는 카테고리를 새롭게 추가했습니다. 그곳에 주말마다 가족들과 여행을 한 사진, 그리고 읽었던 책들을 포스팅했습니다. 주가가 심하게 조정받기 전에 저의 종목들은 상당수 차익실현이 된 상태이기도 했습니다. 매주 금요일마다 계좌를 공개하는 것은 당연한 원칙이기도 했습니다.

그렇게 저의 포스팅에 회원분이 어떤 사진을 남겨주셨습니다. 자신이 최근에 읽었던 책 중에서 마음에 드는 한 페이지였나 봅니다. 한편으로는 방장이 안쓰러워 보였나 봅니다.

가진 것보다 갖지 못한 것이 많다. 잘하는 것보다 서툴고 부족한 것이 많다. 그런 내가 이 세상에 던져지고서 번번이 느낀 결핍감과 우울감은 지금 생각해도 아찔하기만 하다. 하지만 비교로 인한 감정이 더는 나를 다치게 하지 못하는 순간이 찾아왔다. 비교 자체가 무의미해진 순간도 찾아왔다. 바로 내 모든 걸 있는 그대로 받아준 산에서 보낸 시간이 켜켜이 쌓이면서 맞이한 순간이다. 물론 지금도 수없이 좌절한다. 하지만 훌훌 털고 금세 회복할 줄도 안다. 방법은 단순하다. 산에 가면 된다. 산을 오르고 달리고 나면 적어도 산을 오르기 전보다는 어떻게든 나아진다.

장보영 『아무튼, 산』 중에서

책의 내용이 너무 마음에 와닿았습니다. 어차피 지금은 주식을 쉬어야 할 타이밍이었습니다. 지수가 미끄러져서 추세가 완벽한 하락장도 아니었고요. 지수 2,950과 3,050 사이에 갇혀 있었습니다.

회원이 남겨준 글귀의 책을 물어보았고, 이내 그 책을 빌리러 도서관에 갔습니다. 오랜만에 읽는 책이었습니다. 회사 일은 바쁘고, 집에 와도 두 아이가 있는 아빠가 어떻게 집에서 편안한 휴식을 할 수 있겠어요. 오랜만에 맛보는 책 읽기의 즐거움이었습니다. 글발이 너무 좋아서 도대체 이 작가가 누군지 인터넷을 뒤지게 되었습니다. 산에 대한 글을 쓴 사람답게 건강한 미인이었습니다. 그렇게 작가가 쓴 또 다른 책이 있는지를 검색하다가 '어쩌다 보니,' 시리즈를 출판하는 출판사의 홈페이지까지 링크를 타고 넘어가게 되었습니다.

문득, 나도 작가처럼 글을 써보고 싶은 생각이 들었습니다. 그리고 틈만 나면 글을 쓰기 시작했습니다. 일하다가 적었고, 운전하면서 어떤 이야기를 쓸까 생각했고, 또다시 일하다가 틈을 만들어서 적었습니다. 그렇게 30페이지를 완성했습니다.

갑자기 내가 뭘 하는 건지 의문이 들었습니다. '괜히 시간 낭비하는 것은 아닐까? 안 그래도 바쁜데'

그렇게 적다가 그만둔 허접한 원고를 출판사에 보냈습니다. 이런 내용이 책이 될 수 있는지 물었고, 회신을 기다렸습니다.

생각보다 빠른 회신이 왔습니다. 도착한 메일을 보면서 내 가슴이 뛰었습니다. 그리고 출판사에서는 다음과 같은 내용을 보내주었습니다.

"선생님의 원고 잘 읽어보았습니다. 이야기를 풀어간 방식과 글이 좋았습니다. 주식 책이라고 하면, 늘 전문가의 관점에서 정보와 방법을 전하려고만 하는데, 선생님의 원고는 에세이처럼 편하게 사건과 저자의 생각을 전하고 있어서 보통의 평범한 사람들에게 더 와닿고, 잘 읽힐 수 있을 것 같습니다."

문장에 대해서도 '간결하고 정확해서 잘 읽히고, 꼭지마다 메시지도 확실하다', '재치가 있고, 매력이 있는 글이다'라고 했습니다. 그러면서 충분히 좋은 책이 될 수 있는 글이니 원고도 덧붙임 없이 지금처럼 짤막한 꼭지로 정리하는 것이 좋을 것 같다는 의견을 보내왔습니다.

기분이 날아갈 것 같았습니다. 그렇게 저는 출판사와 두 차례 메일을 주고받으면서 '나의 주식 이야기'를 계속 이어갔습니다. 휘날리듯이 글이 잘 써질 때도 있었고, 더 좋은 이야기를 쓰려다가 헛발질만 하고 원고가 나가지 않을 때도 있었습니다. 좋은 투자란 처음부터 내 계좌를 공개하듯이, 좋은 글이란 내 경험에서 우러나와야 함을 그리고 진솔해야 한다는 것을 생각하게 했습니다.

처음부터 완성되는 이야기는 없고, 시작부터 성공한 투자는 없습니다. 매 순간 진심으로 투자한 나의 이야기를 쓰기로 마음을 다잡았습니다. 지금까지 내가 이룬 성과만큼이나 앞으로 내가 이루고 싶은 것들, 무엇보다 미래를 위해 지금 준비하고 있는 것들에 대한 솔직한 이야기를 쓰기로 했습니다. 그렇게 해서 이 책이 나오게 되었습니다.

어떤 독자가 이 책을 읽을지는 저도 모릅니다. 아마도 '주식투자를 하는 사람', 또는 이제 주식을 시작한 '주린이'일지도 모릅니다. 아니면 우연히 제목에 이끌려 책을 손에 쥔 독자분도 계실 것입니다. 주식투자가 보편화된 오늘날, 진심을 담은 저의 이야기가 당신의 마음에 잘 전달되기를 바라게 됩니다.

저의 첫 책을 함께 나누고 싶은 첫 번째 독자이자 사랑하는 아내에게 고마운 마음을 전하고 싶습니다. 든든한 동반자입니다. 귀여운 두 아이에게도 아빠가 쓴 첫 책을 함께 나누고 싶습니다. 아직은 아빠의 이야기가 무엇인지 모르겠지만, 훗날 어른이 되면 아빠의 이야기를 이해할 수 있지 않을까 생각됩니다.

이십 대부터 저에게 글쓰기란 무엇인지를 알려주신 《함께성장인문학연구원》의 스승이신 정예서 선생님께도 감사를 드리고 싶습니다.

이 책을 시작할 수 있게 이끌어주신 카페의 이혜연 회원님, 그리고 저의 이야기를 책으로 만들어주신 북산 대표님과 편집자님께도 깊이 감사드립니다. 아울러, 언제나 아낌없는 투자 조언을 해주시는 김기재 교수님, 김명수 약사님, 김유미 선생님께도 깊이 감사드립니다.

일산 마두동에서

이학호

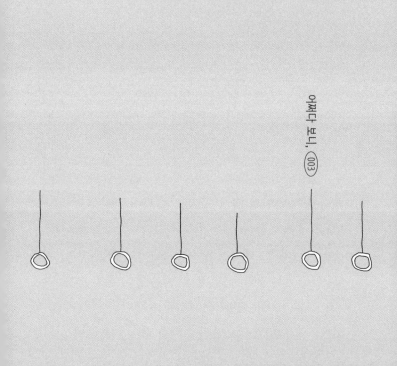

어쩌다 보니, 003

다시 시작한 주식

2016년 봄이었다. 친구가 카카오 브런치(카카오 계열로 일반인의 글을 책으로 만들어주는 프로젝트 앱)에 올라오는 글들을 보내주었다. 경제와 관련된 글이었는데, 그 내용은 주식투자와 깊은 연관이 있었다. 그중에서 필명 '캡틴 K'의 글은 단연 최고였다.

그의 글에는 경제와 관련된 풍부한 상상력이 있었다. 그의 글을 읽으면서 주식을 다시 시작해야겠다고 생각하게 되었다. 사람들은 경제와 관련하여 세상의 흐름을 아는 것이 자신의 삶에 큰 도움이 될 것이라 생각하지만, 그것을 내 삶에 구체적으로 활용하지 못하면 오히려 아무짝에도 쓸모가 없는 것일지모른다. 나 역시 마찬가지다. 나는 월급 이외에는 수입이 없는 직장인이며, 그것을 알뜰하게 절약해야만 남는 게 있을 뿐이었다. 그것이 나의 경제일 뿐, 그 이상도 그 이하도 아니었다.

　주식을 처음 시작하는 것은 아니었다. 나는 이십 대에 주식투자를 경험했었다. 주식을 했다는 것보다 '미쳐 있었다'라고 봐도 무방할 정도로 심취했었다. 그 당시에 인기였던 금융상품인 장기마련저축과 청약적금을 제외하고 나의 모든 월급은 주식을 사는 데 쓰였다. 부모님에게 기댈 언덕이 없다는 것을 알게 된 나는 경제적으로 빨리 독립하고 싶었다. 나름의 괜찮은 직장에 들어갔지만, 직장에서 만난 선배들은 외환위기 이후에 찾아온 고용 위기에 언제 잘릴지 모를 두려움을 간직한 채 살아가고 있었다. 더욱이 부동산 가격은 하늘 높은 줄 모르게 치솟고 있었고, 월급으로는 가당치도 않았다. 외환위기에 찾아온 대한민국 노동의 유연화를 굳이 꺼내지 않더라도 당시의 현실은 팍팍했다. 미래는 불안했다.

　그 당시 대한민국은 자기계발에 대한 열풍이 가득했다. 내가 좋아하는 일, 내가 잘하는 일을 업으로 삼아야 하는 시대라고 전문가들은 조언했다. 직장에서 언제 잘릴지 알 수 없었기 때문이었다. 그리고 또 하나의 트렌드가 바로 재테크였다. 불안정한 미래에 뚜렷한 대안이 없는 현실에서 사람들은 재테크에 관심을 두기 시작했다. 그렇게 나도 자기 계발에 관심을 두었고, 재테크에도 열중했었다.

주식은 나의 가난을 탈출하게 해줄 유일한 돌파구였다. 그때 나의 선배가 했던 조언을 아직도 잊지 못한다.

"직장에는 미래가 없는 시대가 되었어. 결혼해서 애 낳으면 아무것도 못 해. 지금 빨리 결정하든지, 그것이 아니라면 대출받아서 집을 사. 적금하지 말고, 이자를 적금이라고 생각하고 갚아나가. 그래야 부자가 되는 세상이야."

그때나 지금이나 부동산은 언제나 비싸다는 인식이 강했다. 하지만 그 이야기를 함께 듣던 다른 선배는 내게 이렇게 조언해주었다.

"지금은 꼭지야. 이렇게 부동산 가격이 비

싼데도 대출 받아서 집을 산다는 게 말이 되냐? 조만간 떨어질거야."

두 선배는 서로 옥신각신했다. 어떤 선배의 조언이 맞을까? 하지만 부자 선배가 가난한 선배에게 이렇게 말하면서 상황은 종료되었다.

"그러니까 네가 맨날 전세 사는 거야."

두 선배는 똑같은 월급을 받았지만, 경제적 상황은 극과 극이었다. 이 사실만으로도 더 이상의 고민은 필요하지 않았다. 나는 월급으로 주식을 사 모았고, 목돈을 만들어 전세를 끼고 집을 샀다. 소위 말하는 갭투자를 했다. 그리고 계속해서 월급으로 주식을 샀고, 나는 2011년 6월 결혼을 앞두고 모든 주식을 팔아서 신혼집을 장만했다. 부모님과 은행에 손을 빌리지 않고 살 수 있었던 신혼집이었다. 꿈만 같았다. 그렇게 나는 주식으로 돈을 벌어서 신혼집을 장만하고, 결혼했다. 오직 경제적인 관점에서만 보았을 때 나의 이십 대는 훌륭했다. 아무리 생각해봐도.

그리고 나는 주식을 접었다.

***

　사람들은 흔히 말한다. '손 모가지를 자르기 전에는 주식에서 벗어날 수 없다'라고. 그러니까 주식은 일종의 도박과도 같다. 사람들은 주식이 투자라고 말하지만, 그 이면에 도사리는 투기라는 실체에 대해서는 묵과한다. 그러니까 주식은 해봐야 안다. 실제로 내 돈이 들어가는 순간부터는 내 마음이 내 마음과 다르게 움직이기 시작한다. 돈이 들어갔기 때문이다.

　돈이란 묘하다. 돈에는 그것을 벌기 위한 피와 땀이 섞여 있고, 시간이라는 과정이 담겨 있다. 그래서 돈을 잃는 순간부터는 제정신이 아니게 된다. 악착같이 잃은 것을 만회하기 위해 별짓을 다 한다. 세상에 일어나는 수많은 일은 전부다 돈과 연관이 있다고 해도 과언이 아니지 않던가. 그러니까 노동으로 번 돈이 주식시장으로 들어가는 순간부터는 수익을 위한 싸움을 하게 된다. 돈을 벌면 번대로, 돈을 잃으면 잃은 대로 점점 빠져들게 되어 있는 것이 주식시장이다. 그 이면에는 투기라는 요소가 있기 때문이다.

　그래서 나는 주식을 접었다. 그 이유는 단순했다. 결혼하면 경제권 쟁탈이라 불리는 눈에 보이지

⊣ 22 ⊢

않는 갈등이 시작된다. 눈으로 확인할 수 없는 부부 간의 갈등이다. 나의 부모님은 아버지가 모든 것을 관리하셨지만, 오늘의 시대는 다르지 않은가. 내가 내릴 수 있는 결정은 두 가지 중에 하나다. 하나는 싸워서 빼앗기지 않는 것이고, 또 하나는 싸우지 않고 주는 것이다. 나는 두 번째를 선택했다.

솔직히 나는 지난 이십 대가 그렇게 행복하지 않았다. 가난에서 벗어나고 싶어서 투자했던 주식과 부동산을 통해서 쉽게 돈을 벌었던 것은 아니기 때문이다. 결과적으로 돈을 벌었지만, 그 사이에 미국의 경제 위기였던 서브프라임 모기지 사태를 겪으면서 모았던 투자금이 반토막 난 경험이 있기 때문이다. 손해를 실현한 것이 아니었기 때문에 실제로 돈을 잃은 것은 아니었지만, 평가 차익에 대한 손해가 막대해서 가슴을 쓸어내려야 했던 경험을 아직도 잊지 못한다. 전세를 끼고 갭투자를 했던 아파트 단지의 거래도 사라져서 1년 동안 매매가 없었던 적도 있었다. 이자만 나가고 아파트 가격은 오르지 않는 시간이 길어지면서 수익은 쪼그라들었다. 결과적으로 신혼집을 장만할 정도로 돈을 벌었지만, 그 과정은 녹록지 않았다. 그러니까 나는 경제적으로 자유로워지고 싶어졌다.

돈이 있으면 그 돈을 투자하고 싶고, 투자를 하다 보면 그 과정 중에서 피치 못할 스트레스를 받게 된다. 이건 불 보듯 뻔한 일이다. 대출 없는 집도 있고, 예쁜 배우자도 있고, 안정적인 직장도 있는 나는 새로운 삶을 시작하고 싶었다.

그렇게 나는 경제권을 아내에게 주면서 주식을 접었다. 맞벌이였던 우리 부부는 신용카드를 따로 쓰면 소득공제도 어렵다. 그래서 카드도 아내 명의로 만들어서 아내 몰래 카드를 쓰기도 힘들게 되었다. 주유라도 하면 아내에게 카드 승인이 문자로 가는 상황이 된 것이다.

나는 모든 것을 내어 주고 완벽한 자유를 얻게 된 것이다. 경제적인 자유는 그렇게 시작되었다. 내가 주식을 해야만 했고, 그것을 통해서 돈을 벌었으며, 끝내는 주식에서 벗어날 수 있었다.

***

그러나 나는 다시 주식을 시작을 하게 되었다.

브런치 앱의 작가였던 캡틴 K, 그의 경제 이야기가 너무나 흥미로웠기 때문이다. 그의 글을 읽으면서 그 내용을 투자에 접목하고 싶었다. 그냥 흘려들을 수도 있었는데, 그러기에 그의 글은 경제의 흐름을 통찰할 수 있는 매력적인 글이었다. 나는 경제학자도, 경제관료도 아니다. 그냥 평범한 직장인이다. 그러니 경제의 흐름을 통해서 나의 경제적 상황이 개선되지 않는 경제 이야기는 소모적인 것으로 생각되었다. 그의 이야기를 읽고 있으니까 자연스럽게 주식을 해야만 한다는 생각이 들었다. 그래서 나는 다시 주식을 선택했다.

　　나는 신문사에서 엔지니어로 일한다. 기자도 편집자도 아니지만, 일을 하면서 하루도 빠지지 않고 신문을 볼 수밖에 없는 직업적인 구조 속에서 나는 나름의 세상 흐름을 이해하고 있었다. 미국 서브 프라임 모기지 사태 이후에 이어진 저성장의 시대가 저물어가고 있다는 판단이 들기도 했다. 더 이상의 낮은 금리가 존재할 수 없을 정도로 미국의 경제는 좋아지고 있었다. 그러니까 저성장이 물러가는 그 시점이 투자하기에 정말 좋은 조건이었던 것이었다. 그렇게 나는 주식을 다시 시작했고, 돈을 벌었다. 그리고 그 돈으로 어머니와 해외 여행을 갔다.

　　어머니는 예순이 넘으셔서 처음으로 여권을 만

드셨고, 가깝고도 먼 오사카를 처음 내딛으셨다. 맛집이라고 찾아간 도톤보리의 라면은 왜 이리 짜냐며 혀를 날름거리시더니, 스시는 역시 일본이라며 '엄지척'을 하셨다. 아리마 야외에서 온천욕을 하고 나오신 어머니의 흐뭇한 표정은 아직도 잊히지 않는 추억이다. 아마도 내 인생에 잘한 몇 가지를 꼽으라면, 어머니에게 해외 여행을 처음으로 선물한 것을 뽑고 싶다. 더욱이 주식으로 공돈을 번 것이 아니던가. 잊을 수 없는 추억이 또다시 생겼다.

그즈음이었다. 캡틴 K는 브런치 대상을 거머쥐었다. 그리고 그의 글을 묶어서 『시사·경제와 잡설』이라는 책을 출간하게 되었다. 전업투자자에서 작가라는 타이틀을 거머쥐게 된 그는 브런치 앱을 떠날 것이라는 포스팅을 남겼다. 그리고 그는 네이버에 주식 카페를 만들었다. 나는 그의 글이 너무 좋았다. 그의 글을 떠날 수가 없을 정도로 매료되어 있었다. 그래서 새롭게 만든 카페에 가입했다. 정말로 순식간에 회원 수가 늘어났다. 역시 그는 최고의 글쟁이라는 생각을 지울 수 없었다. 그렇게 그의 카페에서 그의 글을 기다렸고, 나도 자유게시판에 내 생각을 글로 남기곤 했다.

문제는 이때부터 시작되었다

어느 순간부터 카페를 유료로 전환한다는 공지가 떴다. 월 1만 원을 송금해야 등업이 되어서 그의 글을 읽을 수가 있었다. 나는 고민했다. 솔직히 매월 1만 원을 주면서까지 그의 글을 읽을 필요는 없다고 생각했기 때문이다. 그의 글이 좋은 것과 투자로 성과를 내는 것은 다른 문제이기 때문이다. 가끔 나는 그의 생각과 시장은 다르게 움직일 수도 있다는 반론적인 글을 자유게시판에 남기기도 했었다. 그러면 악성 댓글이 달리곤 했었다. 나의 글은 인기가 좋았지만, 방장인 그에게 찬양적인 회원들은 어느 누구라도 그의 글을 비판하면 이를 악마같이 여기는 것 같았다. 그 정도로 그의 이야기는 신앙적인 수준이었다.

어림잡아 그가 회비로 가져가는 돈은 한 달에 1천만 원은 넘을 수 있다는 생각이 들었다. 조회 수에 곱하기 1만 원을 하면 나올 수 있는 계산이다. 정말 놀라웠다. 돈은 저렇게 버는 것이구나! 주식으로 돈을 버는 것보다 훨씬 쉽게 벌 수 있다는 방법을 나는 알게 되었다.

문제는 이때부터 시작되었다. 내가 카페에 글을 올리고, 조회 수가 많아지고, 또 한편으로는 유료 회원도 아닌데 포스팅이 많아지면서, 나에게 쪽지가 오기 시작했다. 처음에는 그냥 무시했다. 그런데 쪽지에서 비슷한 내용을 확인할 수 있었다. KODEX 증권에서 손해를 보고 있다는 회원들의 쪽지였다. 신기하게도 동일한 종목이었던 것이었다.

어떤 쪽지가 내 마음을 떠나지 못하게 했다. 2억을 투자해서 8천만 원의 손실이 나고 있었던 분의 사연이었다. 어떻게 하면 좋겠냐는 조언을 구하고 있었다. 손해의 금액만 다를 뿐 그들은 동일한 종목에서 엇비슷한 평균 매수단가를 가지고 있었다. 신기했다. 그리고 알 수 있었다. 그가 추천한 종목이었던 것이었다.

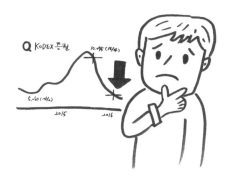

　나는 주식시장을 '이 바닥'이라고 종종 표현한다. 이 바닥이 그렇게 신뢰할만하지 않다고 생각하기 때문이다. 주식에 투자해서 돈을 벌 수 있다는 것에 대한 희망은 분명하다. 그러나 주식을 추천하는 사람에 대해서는 희망하지 않는다. 그러니까 나는 이 바닥의 고수는 있을지 몰라도, 그 고수가 내 잔고를 자신의 것처럼 크게 불려줄 수 없다고 생각하는 사람 중에 하나다. 나도 주식을 하면서 더 좋은 종목을 찾아서, 상대적으로 더 좋은 수익을 추구하기를 기대한다. 나의 부족한 인사이트를 채워줄 고수를 만나기를 학수고대한다. 그러나 나는 만나지 못했다. 그들은

==물고기 잡는 방법을 알려준다고 했지만, 그 방법을 알기 위해서는 수수료를 달라고 했다.== 캡틴 K가 매달 1만 원을 요구했듯이 말이다. 그러나 내가 수수료를 냈다면 나는 그 신묘한 방법 말고, 차라리 물고기를 잡아주기를 바랬을 것이다. 어차피 그 고수도 내가 주식투자하는 기간에 본인을 위한 투자를 하고 있을 테니 말이다. 그러니까 동일한 시간에 어떤 종목을, 어떤 가격에, 언제 매수했는지 알려주면 확실한 배움이 되는 것이다. 그리고 언제, 어떤 가격에 매도해서 수익을 실현하는지를 보여주면 되는 것이다. 그것은 수수료를 냈기 때문에 정당하게 요구할 수 있는 것이다. 그러나 그 고수는 물고기를 잡는 애매한 방법만 제시할 뿐, 어떤 종목도 어떤 가격도, 어떤 매도의 시점도 설명해주지 않았다. 그렇게 그를 추종하던 이들은 모두 같은 종목에서 돈을 잃고 있었다. 안타까웠다.

나는 2억을 투자해서 8천만 원을 잃은 사연의 우울한 주인공과 연락을 하기로 마음먹었다. 부산에 살고 계신 50대 후반의 아저씨였다. 나는 그분을 '부산 아저씨'라고 불렀고, 그에게 제안을 하나 했다. '나도 주식투자를 하고 있으니, 내가 어떤 종목을 살 때마다 그 종목과 매수 가격과 이유를 문자로 보내겠다'고 말했다. 그리고 '매도할 때도 분명하게 연락을 취하겠다'라고 했다. 그리고 나는 그 카페를 탈퇴했다.

본격적인 투자의 시기

기억할지 모르겠지만, 외환위기를 기회로 생각하여 주식으로 돈을 번 사람들은 시장을 떠났다. 외환위기가 97년 겨울에 왔으니, 2년 안짝이 최고의 투자 기회였다. 부동산은 버리지 않았겠지만, 주식은 다르다. 그렇게 외환위기의 하락과 상승 이후, 십여 년 간의 긴 조정이 있었다. 그리고 다시 주식시장에 강세장이 찾아왔다. 위기가 기회였던 것만큼, 기회는 위기이기도 하다. 동전의 양면처럼 그 둘은 함께했다.

2008년의 리먼 사태는 그렇게 기회를 위기로 만들었다. 그 위기는 기회처럼 살아나서 2011년에 다시 꼭지를 만들었다. 그러나 유럽발 재정위기가 찾아오면서 증시에 위기가 찾아왔다. 주식시장에서 돈을 잃는 사람들이 속출했다. 2014년 말부터 다시 기회가 오기 시작했다. 중국의 인민은행은 연이어 금리 인하와 지급준비율 인하를 시행하면서 시장에 유동성을 풍부하게 만들었다. 동시에 부동산 투자 수익률은 하락했고, 은행 자금의 신용대출은 축소하면서 장외자금과 대주 신용거래를 통해 증시로 돈이 물밀듯이 들어오고 있었다.

　나에게 가장 우울한 사연을 보내주었던 부산 아저씨와 다수의 캡틴 K의 회원들은 그때 KODEX 증권을 샀다. 리먼 사태, 유럽발 재정위기의 사태도 끝이 날 것으로 판단했기 때문이 아니었을까. 겨울이 지나면 봄이 오고, 비가 오면 무지개가 뜨고, 새벽이 지나야 아침이 오듯이, 주식시장에서는 어떤 순환의 흐름이 있다. 주식시장에서 돈을 잃은 사람이 많아지면서 비관이 가득해질수록 희망의 싹은 트기 마련이고, 증시가 다시 좋아지면 주식시장으로 돈이 들어오기 때문에 증권회사들의 이익은 늘어나게 되어 있다. 따라서 증권주가 가장 먼저 오르는 순환의 흐름이 있다는 것이다. 그리고 뒤를 이어 경기에 민감한 철강,

정유, 케미칼이라 불리는 화학 주식들이 오르기 시작하며, 그 뒤에 모든 종목이 꽃을 피운다. 아무튼 부산 아저씨와 회원들은 평단가 9천 원대에 주식을 가지고 있었고, 1년이 훌쩍 지난 2016년 초여름에 5천 원대의 주가를 통해서 엄청난 손해를 가지고 있었다. 방장의 잘못은 아니었겠지만, 그들이 증권주를 가지기 시작하는 순간부터 중국 증시에는 더블딥이 왔다. 한국 증시 역시 그 흐름을 따라갔다 작살이 난 것이다.

세상의 일을 누가 예측할 수 있겠는가? 그리고 먹고사는 문제를 공평하게 해결해 줄 수 있는 작자가 누구일 수 있겠는가? 없다. 각자가 판단해서 자기 입에 풀칠은 자기가 해야 한다는 사실 밖에는 없다. 그렇게 세계 경제를 힘들게 했던 유럽에서부터 어떤 변화가 생기기 시작했다. 영국이 EU에서 탈퇴하겠다고 선언을 한 것이다. 함께 잘살아 보자는 유럽 연합에서 영국은 각자도생의 길을 선택했다. 시장은 충격에 빠졌다. 그러나 이것이 기회였다. 금리가 꿈틀거렸기 때문이다. 그 뒤를 이어 미국 선거가 있었다. 경제 최강국인 미국 역시 가난한 자들의 시름은 진보를 등지게 했다. 결국 보수의 공화당인 트럼프가 대통령이 되면서 새로운 정책들이 쏟아졌다. 기업에 친화적인 것들이었다. 세금을 깎아주면서 기업에 우호적인 환경을 만들어준 것이다. 동시에 우리 가정에는 둘째가 태어났다. 생일이 나보다 하루 이른 9월 9일에 일이다. 아내는 휴직했고, 외벌이가 된 나는 돈이 필요했다. 사실 돈이 전혀 없었던 것은 아니었다. 그러나 알 수 없는 가장의 책임감이란 것을 지울 수는 없었다. 그렇게 주식을 해야만 하는 절박한 상황에 놓였다.

나는 8천만 원을 잃은 부산 아저씨와 연락을 하기 시작했다. 아주 길게 하지는 않았다. 내가 어떤 주식을 사면 부산 아저씨에게 문자를 주었다. 처음으로 산 종목은 'KODEX china h 레버리지'였다. 홍콩 h 지수를 벤칭하여 2배의 수익이 설계된 ETF였다. 증시가 살아나면 한국 증시뿐만 아니라 전 세계 증시가 동조되기 때문이다. 아시아에서는 가장 뜨거운 감자가 홍콩 시장이다. 중국으로 들어가는 관문이기 때문이다. 마치 유럽의 영국 같은 투자 시장을 가지고 있다. 그렇게 그 종목을 시작으로 여러 종목을 샀었다. 주식 거래를 빈번하게 하는 스타일이 아니어서, 단타를 일삼지는 않았다. 그렇게 나는 부산 아저씨와 연락을 주고받았다.

　어떤 종목을 매수했다고 해서 그 종목이 하루도 쉬지 않고 몇 거래일을 연속으로 상승하지는 않는다. 주가는 어떤 흐름이란 게 있어서 상승과 하락을 번갈아 하면서 이어가기 때문이다. 그러니까 어떤 종목을 매수했다고 마음을 놓아서는 안 된다. 그렇게 우리는 어떻게 투자를 이어갈지에 관해서 이야기하곤 했었다. 그렇게 달러, 원유, 개별종목, 지수를 거래했다. 나는 그분에게 지금 잃고 있는 돈을 전부 매도해서 이 종목을 사라고 권하지 않았다. 나 역시 내가 선택한 종목에서 실패할 수 있기 때문이다. 그래서 일정 부분을 털어 내가 보내준 종목을 선택할 수 있었으면 했다. 실제로 그분이 얼마의 금액으로 보유했는지는 모른다. 어쩌면 처음에는 내가 알려준 종목에 대해서 반신반의하면서 간을 보았을지도 모른다. 그렇게 내가 소개한 종목들로 돈을 벌 수 있다는 확신이 들면서 포지션을 바꿨을지도 모른다.

　나는 종종 부산 아저씨에게 방장인 캡틴의 안부를 묻곤 했다. 매월 수수료를 내면서 주식 정보를 얻는 그분을 통해서 나도 고수라 불리는 투자자가 알려주는 종목을 알고 싶었기 때문이다. 무료로 말이다.

그러나 그다지 신통한 종목은 없었다. 여전히 물러터진 증권주의 비극에서 벗어나지 못한 채, 주가 상승이 결국에는 증권주의 상승으로 이어질 것이라는 희망 고문만으로 가득했다는 것을 알 수 있었다. 탈퇴하기를 잘했다는 생각이 다시금 들었다. '사람들은 왜 주식에 관심을 가질까? 그리고 이 바닥에서 소위 말하는 타짜들에게 수수료를 줘가면서 돈을 잃는 것일까?' 하는 생각이 들었다.

　　주식시장에는 리딩방이라는 것이 있다. 주식을 추천해주는 대가로 일정액 수수료를 받는 구조다. 그만큼 정보를 통해서 돈을 벌 수 있기 때문일 것이다. 하지만 그들은 정말 정보를 알고 있을까? 정보는 많이 안다고 좋은 것이 아니다. 귀한 정보 하나만 있어도 살 수 있다. 같은 직장에서 일하던 후배도 주식에 미쳐서 직장을 때려치우더니, 들리는 소문에 의하면 어떤 사설 투자업체에서 리딩을 하고 있다는 것을 알게 된 적이 있다. 그는 정말 주식을 잘할까? 알 수 없다. 그러나 그는 여전히 아반떼를 끌고 다닌다. 돈이 많다면 벤츠 정도는 끌어줘야 하지 않을까. 시간이 흘러서 또 소문에 의하면 이제는 전업의 길로 들어섰다고 한다. 그의 미래는 어떨까? 알 수 없다. 중요한 것은 그의 미래가 아니라, 나의 미래다.

　　일반적으로 리딩방에서 사람들은 대부분 돈을 잃는다. 그러나 돈을 잃고 주식시장을 떠나지는 못한다. 잃은 것을 만회하기 위해서인데, 그렇게 점점 주식에 빠져들게 된다. 빠져든다는 표현보다는 중독이라는 표현이 더 어울린다. 혹여나 리딩방을 기웃거린다면, 좋은 리딩방에 대한 정의 정도는 알고 있으면 좋다. 좋은 리딩방이란 리딩을 당하는 자와 리딩을 하는 자의 수익이 같아야 한다는 것이다. 그것이 좋은 리딩방이다. 그러나 거의 모든 리딩방에서는 소수의 회원과 리딩방의 방장만 돈을 번다. 무엇보다도 리딩방 방장의 계좌를 본 사람은 없을 것이다. 주식시장에서는 어떤 종목에 대한 추천과 매수만 있을 뿐이다. 그 종목에 대한 사후관리와 매도에 대해 정확함은 없다. 그렇게 내가 돈을 잃은 그 순간에 리딩방의 방장은 정작 그 종목을 보유하고 있지 않다는 것이다.

헤어짐과 새로운 시작

둘째는 무럭무럭 자랐다. 2016년도 지나가고 있었다. 주식시장은 언제 그랬냐는 듯이 강세장이 되어 있었다. 거의 모든 종목이 새빨갛게 변해 있었다. 2016년은 주식을 하기 정말 좋았던 순간이었다. 2억을 투자해서 8천만 원을 잃은 부산 아저씨의 손실도 대부분 만회되었다. 나는 너무 기분이 좋았다. 물에 빠진 어떤 사람의 목숨을 구해준 것과 같은 느낌이라고나 할까. 만약에 그가 계속해서 증권주를 가지고 있었다면 여전히 물에서 허우적거리고 있었을 것이다. 9천 원대에 보유한 KODEX 증권은 여전히 6천 원을 넘기지 못하고 있었다. 그러니까 주식시장의 어떤 순환의 흐름처럼 강세장이 와도 증권주가 가장 먼저 오른다는 이론은 그때그때 다른 이론에 불과한 것이다. 주식시장의 모든 이론은 코에 걸면 코걸이고, 귀에 걸면 귀걸이다. 나는 우리가 헤어져야 할 때가 되었다는 생각이 들었다. 잃었던 돈을 모두 만회했으니 그것으로 우리가 만난 목적은 완성된 것이기 때문이다. 그렇게 나는 더 이상의 연락을 하지 않는 것이 좋겠다고 말했다.

부산 아저씨는 아쉬워했다. 그분은 부산에서 PC방 자영업을 하시는 분이셨고, 나보다 나이가 훨씬 많으셨다. 개인적인 호구까지 알게 된 마당에 헤어짐이 아쉬웠지만, 더 이상 계속해서 연락할 이유를 나는 찾지 못했다. 솔직히 나도 피곤해지기 시작했다. 주식투자란 혼자 하면 부담이 없지만, 누군가에게 소개함으로 인해서 생길 수 있는 손해에 대해서는 보상할 마땅한 방법이 없기 때문이다. 그래서 모든 투자 설명서에는 '모든 투자의 책임은 투자자 본인에게 귀속된다'라는 문구가 적혀 있다. 그것도 손톱의 때만큼이나 작은 글씨로 말이다. 그즈음 부산 아저씨는 이제 주식이 뭔지 느끼기 시작했던 것 같다. 돈을 벌어봐야 그 맛이 얼마나 좋은 것인지를 알게 되니까 말이다.

　모든 주식이 올랐다. 내가 가진 종목만 오른 게 아니었다. 더욱이 2016년 말부터 시작된 강세장은 4차 산업의 혁명이라는 새로운 변화를 등에 업고 출발했다. 기억할지 모르겠지만, 그 당시 대한민국은 중국의 폭풍 같은 성장을 등에 업고 살아오고 있었다. 그러다가 박근혜 전임 대통령이 중국의 열병식, 그러니까 한국의 국군의 날 같은 행사에 참여하면서 미국의 의심을 받게 되었다. 한국은 미국에 '너희는 어느 편이냐'는 보이지 않는 질문을 받으면서 '사드'라는 미사일 체계를 들여놓게 되었다. 그리고 중국은 한국을 경제적으로 보복하기 시작했다. '금한령'이라 불리는 경제 보복은 그렇게 시작되었다. 그러니까 2016년 연말부터 대한민국의 주식시장은 강세장으로 돌변하여 경제 성장의 신호를 쏘았지만, 실상 대한민국의 경제는 망해간다는 표현이 어울릴 정도로 어려웠다. 중국인들의 여행으로 커졌던 내수 소비는 죽어가기 시작했다. 명동, 제주도를 시작으로 거리에는 썰렁함이 극에 달했다. 그 당시만 해도 대한민국 화장품, 자동차의 인기는 하늘이 높은 줄 모르고 치솟았지만, 중국의 보복으로 그 인기는 연기처럼 사라지고 있었다.

그러나 그렇게 무너지던 대한민국의 경제는 4차 산업 혁명의 단초가 되는 반도체 메모리 수출로 모든 것을 메우고도 남았다. 경제의 균형은 무너졌지만, 되는 놈만 되는 세상이 되기 시작했다. 그렇게 반도체는 2016년 강세장의 주도주가 되었다.

나는 마지막으로 그분에게 이렇게 말했다.

"선생님, 이제 우리는 헤어져야 할 시간이에요. 잃은 돈을 다 만회하셨으니까요. 그것으로 저는 충분합니다."

"아쉬운데 계속 연락을 하고 싶어요."

"선생님, 모든 주식들이 다 올랐습니다. 여기서 더 오를 주식이 어디 있을까 싶을 정도로요. 그래도 미련을 버리지 못하신다면, 삼성전자에 투자하시는 것이 좋습니다. 이유는 늘 말씀드린 대로 메모리 반도체는 4차 산업 혁명의 시대에 대한민국에서 만들 수 있는 유일한 반제품입니다."

"그걸로 얼마나 먹겠습니까?"

많은 사람들이 쥐꼬리만한 은행 이자보다 낮다면 주식한다고 한다. 그러나 그건 새빨간 거짓말이다. 주식을 하는 순간부터 그들이 가지고 있는 기대수익률은 쩜상(상한가 30%)같은 높은 수익률이다. 솔직하게 그렇다. 그러니까 은행이자 정도의 낮은 수익률을 기대하는 종목에는 투자하지 않는다. 그때만 해도 삼성전자 같은 우량주에 대해서 사람들의 인식은 그저 그랬다. 2021년의 오늘은 주식에 대한 사람들의 인식이 긍정적이지만, 2016년만 해도 주식시장에 대한 사람들의 인식은 '박스피(일정한 폭 안에서만 지속적으로 주가가 오르내리는 코스피)'였다. 2011년 유럽 재정위기부터 찾아온 긴 조정의 박스를 주식으로 인식했을 정도다. 그래서 그분도 삼성전자를 꺼렸던 것이 아니었을까 하는 생각을 하게 된다. 그래서 나는 고민을 했다. 그리고 한 가지 제안을 하면서 우리는 헤어졌다.

"제가 조심스럽게 느끼기에는 이제 선생님은 주식에 눈을 뜨신 것 같아요. 잃은 돈을 만회하면서 느끼신 감정이 아닌가 생각됩니다. 이제 주식이 뭔지를 느끼실 테지만, 주식시장이 항상 좋은 것만은 아닙니다. 그리고 언제나 리스크가 있어요. 그래도 그 리스크를 안고 주식을 해야만 한다면, 제가 보기에 지금 무너진 주식은 화장품 밖에는 없습니다. 금한령으로 작살이 난 주식입니다. 그런데 아모레퍼시픽의 위기는 사드 때문이고, 지금 대한민국이 돌아가는 형국이 어떤 변화를 느끼기에 충분합니다. 대통령만 바뀌면 가능한 스토리가 될지도 모르겠어요. 제가 네이버 주식에 있는 아모레퍼시픽 토론방에 이 종목에 투자하는 이유를 연재해서 남길게요. 그것이 선생님에게 마지막으로 전해드릴 수 있는 투자 이야기로 마무리되었으면 좋겠습니다. 늘 건강하시고요. 언젠가 기회가 된다면 우리 언제 소주잔이라도 기울였으면 좋겠습니다."

그렇게 우리는 헤어졌다. 그리고 난생처음으로 네이버 주식 카테고리에 접속했고, 허접하기 그지없는 토론방에 역시나 허접하기 그지없는 투자에 관한 이야기를 남기기 시작했다. 제목은 '자식에게 물려주는 종목'으로 말이다. 누군가는 '자식에게 물려 죽은 종목'이라고 했고, '또 한 명의 미친놈이 나타났네'라며 비아냥거렸지만 나에게 중요한 것은 내가 이 종목을 투자하는 이유이며, 내가 마지막으로 그분에게 줄 수 있는 선물과도 같은 것이었기 때문이다. 누군가가 보기에는 허접하기 그지없는 글이었을지 모르지만, 나에게는 소중했다.

자식에게 물려주는 종목

두 아이의 아빠가 된다는 것을 어떻게 설명해야 할까? 다른 것은 모르겠지만, 나에게는 시간이 없었다. 특히나 퇴근해서 집에 돌아오면 시간이 빠르게 지나갔다. 나는 요리도 조금할 줄 아는 아빠여서 집에 도착하면 밥하고, 씻기고, 설거지하고, 세탁기 돌리고, 방 청소하고, 똥 기저귀 갈아주고, 서너 시간이 훌쩍 지나간다. 나 혼자 하는 것은 아니지만, 그래도 쉴 틈 없이 가사노동을 한다. 끝이 보이기 시작하면 잘 시간이다. 투잡을 하는 것도 아니지만 집에 오면 할 일이 태산처럼 가득하다. 그래서 집에서는 아무것도 못 한다.

다행히도 회사에 신입이 들어왔다. 미숙하긴 했지만, 똑똑한 후배였다. 후배가 일을 빨리 배운 덕분에 내가 해야 할 일도 조금씩 줄어들었다. 그 틈을 타고 나는 글을 쓰기 시작했다. 직장인 중에서 일하는 8시간 동안 온전히 몰입해서 업무를 보는 사람은 없다. 나도 그렇다. 엔지니어인 나에게는 특히나 그렇다. 어느 정도의 유연함은 내가 만들기 나름이다. 그렇게 나는 시간이 날 때마다 글을 적었고, 그 글을 한데 묶었다. 한편의 투자 글이 완성되면 나는 네이버 주식 토론방에 올렸다. 타이틀은 늘 한결같았다.

'자식에게 물려주는 종목'

내가 자식에게 물려주는 종목이라는 타이틀로 투자 글을 쓴 이유는 단 한 가지 목적이었다. 마지막으로 부산 아저씨에게 주식을 알려주기 위해서였다. 나는 그곳에 EPS, PER 같은 주식 용어를 설명했고, 아모레퍼시픽이라는 기업이 어떻게 성장했고 또 어떻게 위기를 겪고 있는지, 중국 화장품 시장은 어떠하며, 아모레퍼시픽이 보유한 브랜드의 라인업까지 하나하나 설명했다. 무엇보다 내가 이 종목에 투자한 이유를 남겼다.

동일한 타이틀로 꾸준히 글이 올라오니까 사

람들은 조금씩 관심을 두기 시작했다. 온라인의 특성상 그 사람이 누구인지 나는 모른다. 아이디도 별표(***)로 가려져서 보이지 않는다. 나의 아이디도 'leeh****'로 기록되면서 'leeh님'이라는 호칭이 붙기 시작했다. 누군가는 나의 글에 깊은 관심을 보였고, 또 누군가는 깊은 비아냥을 하기도 했다. 솔직히 관심이 없었다. 주식투자의 유일한 목적은 돈을 버는 것이지, 내가 남긴 어떤 글에 엄지척은 아무짝에도 쓸모가 없다. 아무리 좋은 댓글이 달린다 한들, 그것이 무슨 소용이겠는가.

　내가 그분에게 한 가지 덧붙인 것이 있었다. 주식투자는 내 생각만으로 완성되는 것이 아니라는 점이다. 그래서 다른 사람의 관점에서 객관적으로 나의 투자 아이디어를 판단해야 한다는 것이다. 그래서 내가 쓴 글을 속에서 어떤 공통점을 발견하고, 그 공통점을 다른 종목에 대입하기를 바랐다. 어차피 주식을 계속할 것이라면 말이다. 그 공통점이란 것은 너무나 뻔한 것이다. 기업의 이익이 꾸준히 성장해야 한다는 것으로 요약할 수 있다. 그것과 관련된 지표로는 주당 순이익인 EPS와 자본 회전율인 ROE다. 이 지표들이 성장하기 위해서 해당 기업이 속한 산업의 성장성과 현재 상황을 이해하고 있어야 한다. 그리고 덧붙여서 댓글을 꼭 보라고 했다. 내가 남긴 글은 오직 나의 관점에서 남겨진 것이다. 그래서 그 안에 어떤 오류가 있는지 파악할 수 없다. 그것은 오직 타인이 발견할 수 있는 것이다. 그래서 댓글을 통해서 누군가 나의 오류를 지적해 준다면, 그것으로 내 생각은 완성될 수 있다. 물론 이 바닥에서 제대로 된 지적이 있을 리 없고, 논리적이며 합리적인 비판은 존재하지 않는다. 그저 비아냥이 가득하고, 온라인의 특성상 인신공격의 대상이 될 뿐이다. 그렇게 나의 글에는 댓글이 달렸다.

　　댓글을 통해서 찬티와 안티는 서로 다퉜다. 나는 그것들과 상관없이 내가 이 종목에 투자하는 이유를 지속해서 남겼다. 아모레퍼시픽의 주가는 2016년 말부터 하락하기 시작했다. 그렇게 봄은 오고 있었다. 대한민국의 촛불은 가득해져서 결국에는 전임 대통령이 재판에 넘겨지는 상황에 이르렀고, 끝내 감옥으로 갔다. 또 한 명의 대통령이 감옥으로 가게 된 것이다. 대한민국의 모든 대통령의 결말은 감옥이었다. 참으로 안타까웠다. 그리고 새로운 대통령이 그 자리에 앉았다.

북한을 그 누구보다 사랑하는 대통령 덕분이었는지 아모레퍼시픽의 주가는 그의 당선과 함께 상승하기 시작했다. 그러니까 아모레퍼시픽은 중국으로부터의 매출에 기댄 사업을 하고 있었기 때문인데, 북한을 사랑하는 대통령이 전임 대통령이 했던 정책들은 깡그리 갈아엎을 것이라는 기대감이 주가에 반영되었기 때문이었다. 정확하게는 사드를 없앨 것처럼 그는 행동했다. 45만 원 하던 아모레퍼시픽의 주가는 24만 원까지 떨어지는 비극을 보였고, 24만 원 하던 주가는 36만 원까지 치솟았다. 그렇게 다시 돈을 벌었다.

17년 봄부터 투자했던 아모레퍼시픽의 주가가 상승하면서 내 글에 안티들은 어디론가 사라지고 없었다. 그리고 나에게도 팬심이란 것이 느껴질 정도로 '자식에게 물려주는 종목'은 인기가 좋았다. 역시나 그 모든 것들에 나는 관심이 없었다. 나는 부산 아저씨에게 좋은 종목을 같이 공유하고 싶었고, 그 종목을 통해서 돈을 벌고 싶었을 뿐이었다.

비극이 가득할 때 희망이 싹을 돋우듯이, 희망이 가득할 때 비극은 시작된다. 끝내, 촛불의 정의는 대통령을 바꾸기에 충분했다. 두 번의 걸친 보수당은 역사의 뒤안길로 접어들었다. 누가 대통령이 되든 내 삶에 영향은 없다. 나는 출근해야 했고, 퇴근해서는 아이들 돌보느라 정신이 없었다. 내 삶은 하나도 바뀌지 않았다. 그사이에 바뀐 것은 오직 하나였다. 내가 투자를 잘했을 때 얻을 수 있는 수익이 유일한 것이었다.

주식시장은 묘해서 어떤 성장에 대한 기대감이 주가에 반영되고, 그 기대감이 현실에서 드러나지 않으면 이내 하락하기 시작한다. 꼬꾸라진다는 표현이 정확하다. 작살이 날 때도 있다. 아모레가 그럴 것 같았다. 희망이 넘쳐났는데, 정권이 교체된 대통령은 대통령이 되기 전과는 사뭇 달랐다. 외교의 실리와 균형은 보이지 않았고, 미국이라는 강대국의 힘 아래에서 어쩔 줄 몰라 하고 있었다. 내가 보기에 그랬다. 그렇게 주가는 어떤 가격에 부딪혔다.

주식을 오래 하다 보면 어떤 경험적인 것들이 느껴진다. 소위 말하는 기술적인 분석은 그렇게 얻어진다. 기술적인 분석의 핵심은 수급이고, 그 수급은 어떤 가격에서 저항과 지지라는 단어로 표현된다. 그러니까 무너진 가격에 주가는 저항이 생긴다. 중국 성장에 기댄 아모레퍼시픽의 주가는 36만 원에서 무너지면서, 그 가격에서 저항이 생겼다. 주가가 그 가격에서 상승하지 못했다. 그것은 그동안 아모레퍼시픽의 리스크였던 사드라는 무기로 인해 생긴 한중 무역 갈등의 핵심이었다. 그렇게 아모레퍼시픽의 주가는 다시 하락을 시작했다. 나 역시 분할매도하여 이 주식을 팔았다. 봄부터 시작된 투자였으니 그리 길지 않은 시간에 돈이 다시 생겼다. 둘째를 낳고 1년의 육아휴직을 한 아내는 복직을 앞두고 있었다. 아모레퍼시픽 덕분에 아내의 자동차를 바꿔줄 수 있었다. 또 다시 돈을 벌었다.

오프라인 모임

주식을 하면 누구나 돈을 벌 수 있을까? '맞다'라고 확실하게 대답할 수 있는 사람이 있을까? 주식에 투자하면 정말로 누구나 부자가 될 수 있을까?

카페를 만든 브런치 작가 캡틴 K를 통해서 알게 된 회원들이 KODEX 증권에 투자했다가 돈을 잃게 되었다는 소식을 듣게 되었고, 그 중에서 8천만 원을 잃었던 부산 아저씨를 위해서 나는 네이버 토론방에 아모레퍼시픽의 투자글을 남겼다. 그리고 아모레퍼시픽은 상승과 하락을 반복하는 과정에서 누군가는 또다시 돈을 잃고 있었다.

사람들은 누구나 주식으로 돈을 벌고 싶어 한다.

그러나 돈을 벌 수 있을지에 대한 투자의 성공에 대해서는 확신할 수 없다. 투자의 성공에 대한 가능성을 믿고 투자할 뿐이다. 나는 그러한 가능성에 대한 이야기를 투자글로 공유했다. 매수하는 이유만큼이나 매도해야 하는 논리적이며 합리적인 이유만 있다면 투자에 도움이 될 수 있다. 그래서였는지, 나의 글은 토론방에서 반응이 좋았다.

나는 그렇게 생각한다. 나는 주식을 하면 누구나 돈을 벌 수 있다고 확실하게 대답하기 힘들다. 어느 순간에는 용기를 내서 투자해야 하고, 또 어느 순간에는 욕심을 절제해서 그만해야 한다고 말하고 싶다. 무엇보다 주식을 하지 않고도 경제적으로 부족하지 않게 살 수 있다면 그것이야말로 괜찮은 인생이라고 나는 생각한다.

아모레퍼시픽은 다시 하락했다. 미국과 북한의 갈등은 줄어들지 않았고, 그 사이에서 북한을 사랑했던 대통령은 운전자라는 표현을 자처하며 중재에 나섰다. 정말로 북한을 사랑하는 대통령이었다. 그렇게 아모레퍼시픽의 주가는 다시 오르면서 상승했다. 36만 원이 무너진 주가는 24만 원을 지지하면서 거래되었다. 그렇게 2017년도 지나갔다. 자식에게 물려주는 종목만큼이나 나의 진짜 자식들도 잘 크고 있었다. 그리고 나의 삼십대도 끝이 났다.

***

뭔가 새로운 것을 한 번쯤 시도해보고 싶어졌다. 지나간 시간 동안에 나는 누구였을까? 나는 무엇을 좋아했을까? 내가 잘하는 것은 무엇일까? 알 수 없다. 확인해보지 않았기 때문이다. 원해서 태어난 인생은 없다. 부모님의 사랑 가운데에서 태어나, 나는 아들이라는 이름으로 순하게 자랐다. 부모님께 큰 걱정을 끼쳐드리지 않은 자식이었다. 한 마리의 순한 양과 같았다. 다른 것은 몰라도 경제적으로 크게 빚을 지고 살지는 않았다. 스무 살부터는 용돈을 받지 않았고, 학비는 장학금과 아르바이트로 채웠다. 졸업과 동시에 취업했고, 부모님과 은행에 손을 빌리지 않고도 신혼집을 장만할 수 있었다. 그렇게 결혼했다. 나름의 좋은 남편이었고, 또 두 아이의 좋은 아빠였다. 직장에서도 크게 모나지 않아서 주어진 일을 잘 처리하는 직장인으로 성장했다. 그것이 마흔을 앞둔 나였다.

내가 나를 바라보건데, 그래도 나는 주식에 조금은 관심이 많고, 또 나름의 실력도 있다는 생각이 들었다. 무엇보다 나의 투자 글은 내가 읽어도 참 좋았다. 어쩌면 투자라는 것으로 내 인생이 새롭게 시작될 수도 있지 않을까? 가끔은 그런 생각을 할 때도 있다. 그렇다고 전업 투자를 할 생각은 없다. 아내가 반대할 것이기 때문이며, 나 역시 주식투자를 해본 지난한 과정을 보았을 때 주식투자는 어떤 좋은 종목을 골라서라기보다는 경제라는 거대한 상황이 우호적일 때에 돈을 벌었던 경험이 훨씬 크다. 그러니까 이 거대한 흐름을 내가 예측하고 대응한다는 것은 불가능하다. 무엇보다 직장에서의 일이 은근히 나는 좋다. 지금의 상황을 떠날 이유가 없었다.

하지만 한 번쯤, 나는 새로운 것을 시도해보고 싶었다. 다람쥐 쳇바퀴 돌듯한 내 인생에 작은 변화가 생기면 어떨까 하는 생각이 점점 스며들었다. 문득, 투자 글을 쓰는 모니터를 벗어나 사람을 직접 만나보고 싶다는 생각이 들었다. 그래서 누구나 볼 수 있는 투자 글 하단에 안내 문구를 넣었다. '돌아오는 주말에 오프모임을 한다'는 안내였다. 주식에 관심이 있는 사람은 메일을 보내달라고 했다. 생각지도 못한 결과를 확인할 수 있었다. 정말 많은 사람이 모임에 참석해서 나의 이야기를 듣고 싶다는 것이었다. 너무 많아서 스터디룸이 넘칠 것 같았다. 결국에서 선착순으로 30명을 맞췄다. 나는 놀랐다. 세상에 이렇게 많은 사람이 주식에 관심이 있다는 점에 놀랐고, 나의 이야기를 들으러 오겠다는 사람이 있다는 점에 다시 놀랐다. 이 바닥에 고수가 얼마나 많은데...

모임은 성황리에 끝났다. 내가 마흔이 되고, 첫 번째 토요일의 어느 겨울을 나는 잊지 못한다. 나는 내가 알고 있는 주식에 대한 모든 것을 털어놓고 싶었다. 물론 시간이 부족했다. 나름대로 정리해서 시간에 맞춰 설계된 이야기를 했지만. 주식에 대해 하고 싶은 말이 그렇게 많은 줄 나 자신도 미처 몰랐다. 그리고 내가 이렇게 말을 잘하는 사람인지도 처음 알았다. 사람들의 눈은 반짝였다. 졸고 있는 사람은 한 사람도 없었으니. 나름 괜찮은 이야기를 쏟아부었다고 자부한다. 보통 이런 주식 강의는 비싸다. 시간당 5만 원 정도 하는데, 2시간은 기본으로 한다. 이렇게 비싼 강의를 들으면 주식에 통달하게 될까? 절대 아니다. 앞서 말했듯이, 주식은 종목보다는 시장의 상황이기 때문이다. 그렇게 나의 이야기가 그들에게 얼마나 도움이 되었을지는 차후의 문제다. 나는 내가 해주고 싶은 이야기를 가감 없이 쏟아냈다. 마흔을 시작하는 출발선에 서 있었던 나에게 좋은 도전이었다. 그들에게는 투자의 도움이 되었으면 좋겠고, 또 나에게는 내가 어떤 사람인지를 발견할 수 있는 하나의 도전과 같은 시간이었다. 강의료는 아주 싸게 받았다. 스터디룸 대여료가 6천 원이었고, 빔과 노트북을 빌리는 약간의 가격을 포함해서 1만 원이었으니 말이다. 그렇게 약간의 수업료로 10만 원 정도의 수입이 생겼다. 월급만 먹고살 줄 알았던 나에게 신기한 일이 벌어졌던 셈이다. 그렇게 첫 번째 오프모임을 했다.

매도의 기술

아모레퍼시픽 토론방에 나는 내가 할 수 있는 거의 모든 이야기를 쏟아부었다. 그분이 나의 이야기를 잘 이해할 수 있었는지는 별개의 문제다. 세상에 좋은 책들은 많지만 모든 독자가 책의 내용처럼 살지는 않는다. 같은 이치다. 나는 내가 할 수 있는 마지막 최선을 다했을 뿐이다. 그리고 돈을 벌었다. 복직하는 아내의 경차를 중형 세단으로 바꿔주었으니, 나름 성공한 투자라고 자부한다.

주가는 어떤 범위 안에서 거래된다. 어떤 이는 그것을 밴드라고 설명하기도 한다. 그렇게 마지막 투자였던 아모레퍼시픽은 36만관 24만 원의 범위 안에서 두세 차례 움직였다. 그 사이에 중국의 주석인 시진핑이 올 것이라는 기대감이 있었고, 그것은 곧 경제 보복이었던 금한령이 한한령으로 바뀔 것이라는 기대감을 뜻했다. 하지만 그것은 찌라시처럼 소문에 불과했다. 그렇게 기대감이 사라지면서 주가는 다시 내리막길을 걸었다. 진보의 정권도, 북한을 그토록 사랑한 대통령도, 대통령이 되기 전에는 없앨 것처럼 행동하던 그도 대통령이 되고 나서는 다른 사람이 되어 있었다.

주식투자는 객관적일 필요가 있다. 어떤 희망에 고문 되어서는 안 되고, 자기의 주장에 편협하게 확증되어서도 안 된다. 오직 현실의 상황을 냉정하게 판단할 필요가 있다. 나는 아모레퍼시픽이 더는 오를 수 없다는 판단이 들었다. 자식에게 물려줄 만큼 성장이 확실하다고 믿었던 유일한 이유는 이 땅에 사드가 사라지면서 금한령이 해제되어 다시 중국인들에게 사랑받는 아모레퍼시픽의 화장품이 될 수 있다고 생각했기 때문이다. 그러나 그것이 불가능하다는 판단이 들었다.

나는 자식에게 물려주는 종목이라는 타이틀의 글들을 하나씩 지웠다. 일하면서 쉬지 않고 적었던 내 생각들을 하나씩 지우면서 마음이 아팠다. 나의 노고, 나의 정성, 그것을 쓰면서 느꼈던 추억들을 하나씩 지워나갔다. 글이 지워지면서 나의 글을 기다리던 사람들끼리 그동안의 글을 모아둔 게 있으면, 공유해달라는 글들이 올라오기도 했다. A4용지로 천장 정도의 글들이었다.

　　더 이상의 미련이 없었던 종목이었지만 나는 나의 글을 통해서 투자를 완성하고 싶었다. 매수가 있었다면 매도도 있어야 하듯, 매수할 때 그에 걸맞은 이유가 있었다면 매도할 때도 그에 걸맞은 이유가 있어야 하지 않을까. 주식으로 돈을 번 사람들은 적절한 시점에 차익을 실현했기 때문이며, 반대로 주식으로 돈을 잃은 사람들은 그 시점을 놓쳤기 때문이 아닐까. 지나고 나면 그때가 고점이었다는 것을 누가 모를까. 그러니까 투자자는 지금 이 시점에 거래의 방향을 결정해야 한다. 홀딩하여 수익을 추구할 것인지, 매도하여 차익을 실현할 것인지. 지금, 이 순간의 판단이 끝내는 수익과 손해가 결정되는 시점이다. 그것이 투자자가 가질 수밖에 없는 매우 어려운 과정이다. 주식에 투자하면 누구나 돈을 번다는 이야기는 소설 속에서나 가능한 이야기이지, 현실 투자의 세계에서는 있을 수도 없고, 있어서도 안 되는 거짓말이다. 그렇게 나는 '매도에 관한 기술'이라는 타이틀로 새로운 글을 쓰기 시작했다.

비난이 쇄도했다. 자식에게 물려줄 것이라며 주식을 추천하던 작자가 이제는 매도해야 한다는 이야기에 좋아할 사람이 누가 있겠는가. 충분히 이해한다. 그러나 매수해야 한다는 투자 아이디어가 어긋났다고 판단된다면 매도하는 이유도 성립되어야 한다. 감정적인 동요가 아닌, 매도의 이유도 합리적이고 논리적이라면 충분히 설득력을 가질 수 있다. 내가 매도에 관한 이야기를 기술하는 이유였다. 역시나 부산 아저씨에게 알려주고 싶었다.

주가란 보이지 않는 강한 힘에 이끌린다. 어떤 이는 그것을 추세라고 불렀다. 상승하는 추세의 주가도 상승하면서 하락도 해서 상승 추세를 판단하기 어렵듯이, 반대로 하락하는 추세의 주가도 하락하면서 상승도 해서 하락 추세를 판단하기 힘들다. 그래서 주가가 어떤 범위 안에서 거래되다가 그 거래의 범위가 이탈될 때야 비로소 추세가 눈에 들어오기 시작한다. 범위의 하단이 지지가 되지 못하고 무너질 때야 비로소 바닥이 뚫리면서 지하가 만들어진다는 표현을 하는 이유다. 그러니까 45만 원 아모레가 36만 원에서 지지가 되지 못하자 24만 원까지 지하로 간 것처럼, 중국 보복으로 36만 원의 저항과 24만 원의 지지라는 범위 속에서 바닥이 뚫리니 주가는 14만 원까지 떨어졌고, 반등해도 24만 원을 넘기지 못한 체 다시 하락해서 12만 원까지 떨어졌다. 그러니 얼마나 많은 이들이 돈을 잃고 망연자실했을까. 생각만 해도 끔찍한 일이다.

매도에 관한 이야기를 이어가면서 나는 오프모임을 세 차례 더 했다. 집과 일터만 반복했던 나에게 오프모임은 유일한 외출이었다. 그리고 주식과 관련된 투자 글을 쓰는 것은 약간의 재밌는 취미가 되었다. 동시에 나는 온라인에서 나의 글에 달린 악성 댓글과 싸우고 있었다. 굳이 그럴 필요는 없었는데, 나 역시 부족한 인성의 소유자로서 솟구치는 감정을 보듬지 못했다. 돌이켜보면, 댓글을 안 보면 생기지도 않았을 다툼이었다. 다 큰 어른들의 유치한 댓글 놀이에 나도 모르게 빠져들고 있었다. 피곤해졌고, 이 피곤함을 벗어나는 유일한 방법은 이제는 온라인에 글을 쓰지 않으면 해결된다는 단순하고도 확실한 방법을 알았다. 그렇게 다시 내가 썼던 '매도의 기술'을 하나씩 지우기 시작했다. 또다시 사람들끼리 아직 복사하지 못한 내용이 있다면서 지워진 글을 찾곤 했었다. 주식시장에는 주식만큼이나 신기한 사람들이 많다는 것을 동시에 느꼈다. 8천만 원을 잃고 힘들어하던 그분이 다시 생각났고, 여전히 이 바닥에는 그분과 비슷하게 힘들어하는 분들이 많다는 것을 새삼 알게 되었다. 정확히 1년 전, 어떤 고수의 추천주에 시름 하던 이들의 쪽지들이 오버랩 되었다. 주식투자란 도대체 무엇일까!

주식 카페 개설과 실패

~~~~~~~~~~

　　온라인에서 소모적인 시간 낭비를 하고 싶지 않
았다. 내가 보유하지도 않는 종목을 붙들고, 그 종목
에 대해서 논하는 것 자체가 무의미하다고 느껴졌다.
누군가를 위한 약간의 선을 위한 투자 글이었지만,
이제는 그러한 선도 악이 되어 버린 상태가 되었다.
그런데도 나의 이야기에 귀를 기울이는 사람들이 있
다는 것을 동시에 느꼈다. 어떤 연민의 정이라고 표
현해야 맞을까? 나는 그들과의 인연을 이어가고 싶
다. 꾸준하게 써온 주식에 대한 글이 내 몸에 밴 것인
지도 모른다. 지속하다 보니 나도 모르게 근육이 되
어버린 것처럼, 주식에 대한 나의 단상에서 나 스스

로 벗어날 수 없었다.

　또 한편으로는 나에게 이것이 업이 될 수 있다는 생각이 들었다. 내가 다니는 회사에 위기가 보이는 것은 아직 아니었다. 그러나 몇 년 전 2011년 유럽발 재정위기가 오고, 증시가 박살이 나고, 그 이듬해 한국경제도 좋지 않게 흘러갔다. 그러면서 우리 회사에서도 30%의 구조조정이 있었다. 결혼한 직후의 일이니 나 역시 아내와 작금의 상황을 함께 고민했었다. 내가 잘리면 어떻게 될까에 대해서 말이다. 젊었던 내가 구조조정의 대상이 될 리는 없었지만, 혹시나 그 화살이 나에게 돌아온다면 나는 어떤 삶을 살아야 할지에 대해서 진지하게 고민했었다. 그때부터 나는 가끔 구조조정이 나에게 온다면 나는 어떻게 살아야 할지에 대해서 고민을 하게 되었다. 더 구체적으로 표현하면, 어떻게 수입을 만들어서 먹고살지에 대한 생계적인 고민이다. 그래서 현직에 있을 때 혹시 닥칠지 모를 상황을 대비해야 한다. 그것이 오늘날을 살아가는 직장인의 단면이기도 하다. 나 역시 직장인이기 때문에 이 고민을 진지하게 생각해야 한다. 아니, 생각만 해서는 안 된다. 준비해야 한다. 그래서 나는 누구나 볼 수 있는 네이버 증권 토론방을 떠나서 나만의 작은 공간을 만들기로 했다. 주식 카페를 개설하는 것이다.

***

내가 주식 카페에서 실험할 것은 단 한 가지였다. 나의 주식 이야기가 그토록 주식으로 돈을 벌어야 하는 사람들의 요구를 들어줄 수 있느냐. 영어로 표현하면, '니즈needs'를 충족시켜 줄 수 있느냐. 서비스란 소비자를 만족시켜 줄 수 있어야 한다. 그래야 그것이 일이 될 수 있다. 주식시장에는 소비자가 충분하다. 한 트럭을 가지고 와도 부족하지 않을 정도로 주식에 미쳐있는 사람들은 많다. 그러니까 이들의 요구, 더 정확하게는 이들이 원하는 정보를 제공하고, 그 정보를 통해서 그들이 수익을 가져갈 수 있으면 이 서비스는 훌륭하다. 그리고 그것이 지속될 수 있으면 사업이 될 수 있다. 나는 그런 생각을 가졌다.

문득, 캡틴 K가 생각났다. 나도 그처럼 정보를 제공하고 월 천만 원 이상을 가져갈 수 있을까? 솔직히 그런 환상을 꿈꾸기도 했다. 매도의 기술을 정리하면서 나는 카페를 홍보했다. 사람들이 카페로 왔다. 정말 신기했다. 뭔가 될 것 같았다.

동시에 난관에 부딪혔다. 2016년 늦여름부터 시작되던 강세장은 힘을 잃었다. 힘 하나 없는 풀처럼 꼬꾸라지기 시작했다. 중국과의 관계는 여전히 소원했고, 그나마 한국경제의 버팀목이 되었던 디램 반도체의 고정가격 역시 하락을 면치 못했다. 새롭게 떠오른 바이오 시밀러의 약값도 하락하기 시작했다. 기업의 재고는 쌓여가면서 이익은 반 토막이 나기 시작했다. 미국과 북한이 만나면서 대한민국에 평화가 오는가 싶다가도, 다시 그 둘의 관계는 멀어지면서 냉전으로 돌아가고 있었다.

네이버 토론방에 주식에 대한 글을 쓰면서 나는 어떤 흐름을 느꼈다. 주가가 좋으면 사람들은 환호하다가, 주가가 나빠지기 시작하면 사람들은 떠났다는 것이다. 자식에게 물려준다는 생각처럼 주식투자를 장기적인 관점에서 바라보는 사람은 드물었다. 나 역시 분할매도를 하면서 자식에게 물려주는 종목을 지웠으니, 투자란 그렇게 쉬운 것이 아니었을지 모른다. 그렇게 어려운 것을 지속해야 한다고 말하기도 어렵다. 만약에 내가 계속해서 아모레퍼시픽에 투자했다면 결국에 자식에게 물려주기는커녕 자식에게 물려 죽어있을지도 모른다. 그렇게 카페도 증시의 상황에 따라서 좋고 나쁘고를 반복했다.

카페를 만든 사람의 처지에서도 뾰족한 방법이 없었다. 증시가 좋지 않다는 핑계로 투자를 접는 것조차 있을 수 없는 일이다. 계속해서 누군가는 주식에 관심이 있을 것이며, 또 누군가는 돈을 많이 잃은 상황일 수도 있을 테니 말이다. 나 역시 투자금을 줄이고 하는 둥 마는 둥 하고 있었다. 그렇게 대한민국 증시는 2016년의 강세장을 뒤로하고 다시 박스피로 회귀했다. 그러니 누가 주식을 거들떠나 보겠는가. 주식의 역사가 짧은 대한민국에서 주식은 여전히 투자라는 관점보다는 투기에 가까웠다. 주식으로 하면 망한다는 생각이 훨씬 많았다. 내가 보기에는 그랬다. 그렇게 나는 주식 카페를 폐쇄했다. 카페를 만들면서 내가 처음으로 했던 생각, 그러니까 이것이 업이 될 수 있을지에 관한 판단이 잘못되었다는 생각이 들었다. 만약 본업을 때려치우고 전업을 했다면 나는 망해있을 것이란 생각이 들었다. 이렇게 카페를 운영해서는 안 되겠다는 생각이 들었다. 그렇게 직장인으로만 살던 나의 첫 번째 어설픈 시도는 실패했다.

실패를 딛고 다시 만든 주식 카페

그렇게 2019년의 새해가 밝았고, 우리는 처가댁에 새해 인사를 드리러 갔다. 그날 장인어른께서 주식 이야기를 꺼내셨다. 장인어른은 공무원 생활을 오래 하신 분이시다. 9급에서 시작하셨지만, 정년을 맞이하실 때는 서기관까지 진급하셨으니 올라갈 때까지 올라가신 분이시다. 누구보다 정보도 많이 아셨을 테지만, 청렴이라는 단어가 있다면 장인어른에게 붙여져야 할 정도로 재테크는 일절 하지 않으신 분이시다. 그런 분의 입에서 주식 이야기가 나왔으니, 속으로 나는 놀라움을 금치 못했다.

"아이들 이름으로 물려준다는 생각으로, 주식에 투자하는 것도 괜찮다고 하더라. 친구 녀석이 농협에서 일하는데 그 친구가 그렇게 말하더라고. 녹십자나 삼성전자와 같이 튼튼하고 망하지 않는 기업에 투자해봐."

정작 본인도 하지 않은 주식을 추천하는 이유에 대해 곰곰이 생각해 보았다. 시대가 변해서일까? 재산을 불려야 돈 벌 수 있는 세상이라서일까? 아이들을 위한 것일까? 그것도 아니면 그렇게 말한 친구가 주식으로 돈을 좀 만지셨나? 이런저런 생각이 들었다. 그리고 내 머릿속에 이런 생각이 들었다. '그래, 지금이 기회다!' 집으로 돌아와서 아내에게 말했다.

"우리 주식을 좀 해 볼까? 아버님이 말씀하신 것처럼 아이들 이름으로 주식에 투자해 보자."

"아이들 세뱃돈 받은 거 은행에 넣어봤자 얼마 된다고?"

아내는 주식을 좋아하지 않는다. 재테크는 일반적으로 누군가에게 영향을 받아서 시작한다. 부모님이나 직장 동료들의 모습 속에서 자연스럽게 체득되는 것이 재테크다. 부모님은 주식을 하지 않으셨고, 선생님인 아내의 동료들도 주식을 할 리가 없다. 공무원의 세계는 가늘고 길게 안전하게 가는 것이 삶의 좌우명이지 않은가. 언제 잘릴지 모를 직장인과는 다르다. 그래서 그들은 리스크를 짊어지지 않는다. 매달 받는 월급에 만족하고 아끼면서 산다. 그래도 가난하지는 않다. 안정적인 월급으로 집을 사고, 그 집이 계속해서 올라주기 때문이다. 나는 공무원들치고 가난한 사람을 못 봤다. 공무원 중에서 선생님들은 특히 그렇다. 부유하다. 그러니 주식에 관심이 있을 리 만무하다. 좋았다면 더 일찍 하지 않았을까. 복직을 앞두고 주식으로 차를 바꿨어도 주식에 대한 미련이 없는 것을 보아하니 아내에게 주식 이야기를 꺼내는 것은 나에게도 부담이었다. 그런데 이번이 좋은 기회였다.

그동안 아이들 통장에 쌓아둔 돈이 500만 원 남짓 있었다. 할머니 할아버지들이 명절에 주신 세뱃돈과 아이들 생일에 준 용돈들이다. 물론 그 용돈의 일부는 출처를 알 수 없을 정도로, 우리 부부가 조금씩 쓰기도 했다. 그렇게 통장에는 500만 원 정도가 있었던 것이었다.

웬일인지 아내는 흔쾌히 오케이 해주었다. 그리고 나는 이 돈을 어떻게 굴리면 좋을지 고민했다. 나는 새롭게! 야심차게!! 마치 내가 펀드 매니저가 된 듯한 기분으로 이 돈을 굴리고 싶었다. 전문용어로 표현하면, 운용하고 싶었다. 그동안의 내 모든 실력을 총동원해서 멋지게 굴려봐야지, 저 높은 언덕 위에서 습기 먹은 눈덩이를 굴리듯이 우리 아이들을 부자로 만들어주어야지, 하는 생각이 들었다.

나는 다시 카페를 만들었다. 이왕이면 비슷한 생각이 있는 사람들끼리 좋은 정보와 빛나는 투자 아이디어를 공유하면 좋겠다는 생각이 들었다. 서로가 서로에게 도움을 줄 수 있다면, 그것이야말로 얼마나 근사한 일인가. 아이들이 성인이 되려면 15년 이상의 시간은 필요하다. 그러니까 그 정도 시간이면 투자하는 기간으로는 충분하다. 책에서 읽었던 것처럼 긴 시간을 장기투자하여 내 인생에도 멋진 추억이 하나 만들어질 날을 기대했다.

어떻게 카페를 만들면 좋을까? 지난 실패를 답습

하면 안 되겠다는 생각이 들었다. 생각과 생각을 거듭한 끝에 몇 가지 결론에 이르게 되었다. 내가 생각하는 대로, 내가 꿈꾸는 대로, 그리고 그 생각과 꿈이 비슷한 사람들이 함께할 수 있는 카페라고 생각하며 만들었다. 그리고 카페에 첫 공지를 올렸다.

《자식에게 물려주는 종목》 카페를 오픈합니다.

7살 4살 아이의 아빠입니다. 아이를 키우면서 주변에서 참 많이 듣는 이야기가 있습니다. "벌써 이렇게 컸어?" 덕담을 들을 때마다 늘 생각합니다. "아직도 이 정도인데. 언제 크냐?" 아이를 키우는 것은 정말 힘듭니다. 그래서 농사짓는 것보다 훨씬 힘들다고 말하는지도 모릅니다. 그렇게 시간은 흘러서 아이는 클 것입니다.

아주 긴 시간 이 아이들이 다 큰 시점에 12년 동안 모았던 주식을 주려고 합니다. 아주 장기간의 플랜입니다. 어떻게 될지는 모릅니다. 자식에게 칭찬을 받으면서 물려줄지? 자식에게 한심하다는 욕을 먹으면서 물려줄지? 이 글을 읽는 당신은 어떻게 평가하시겠나요? 결혼 전 주식투자를 해서 돈을 모았던 경험이 있습니다. 부모님 도움. 은행 대출 없이 신혼집을 장만했으니까요. 값진 경험이었죠. 그렇게 그때의 원칙대로 주식투자를 다시 시작합니다. 아직 아내에게 주식투자는 믿음이 부족합니다. 돈 관리를 전적으로 하는 아내에게 약간의 돈과 매달 20만 원이라는 적립금으로 시작을 할 것입니다. 잘 되면 아내가 돈을 더 주겠죠. 그래서 잘해보고 싶다는 생각이 들었습니다.

무엇보다 이러한 관점에서 주식투자를 하는 분들이 계실 것이라는 생각을 합니다. leeh라는 셀러리맨 투자자를 당신은 모를 겁니다. 그저 이 사람이 이런 생각으로 투자를 하는지 보시면 고맙겠습니다. 자유민주주의는 모든 선택과 그에 따른 책임을 개인에게 돌립니

다. 주식투자는 결국 본인이 선택한 것에 따른 결과를 받아들이는 것에 불과합니다. 그것이 수익으로 좋든 싫든 말이죠. 성공적인 투자가 되시기를 바랄 뿐입니다. 혹시나 이 카페가 당신의 투자에 도움이 되기를 바랄 뿐입니다. 그 이상도 그 이하도 아닙니다. 자유민주주의의 원칙에 따라 저는 제가 선택한 투자의 길을 걸어갈 뿐입니다. 뚜벅이처럼!

유료회원 카페입니다. 비싸지는 않아요. 10년 1만 원입니다. 투자자가 원하는 것은 결국 어떤 투자자가 지금 어떤 종목을 보유하고. 어느 시점에서 매수하며. 어느 순간 얼마에 매도하느냐입니다. 또한 그것에 대한 이유입니다. 그리고 그것을 장기적으로 지속할 수 있느냐입니다.

매주 금요일마다 계좌 수익을 공개합니다. 매수하는 당일에 어떤 종목을 얼마에 매수했는지 공개합니다. 대주주가 매도하거나. 영구적 자본 손실이 발생할 경우를 제외하고 10년 보유하는 원칙을 지켜나갑니다. 이 원칙을 약속합니다.

• 국민은행 000000-00-000000(이학호)
• 회비 1만 원

성함과 아이디를 꼭 알려주세요. 파악이 안 됩니다.

예를 들어. 이학호(지란지교)

송금하시면 메일. 쪽지. 댓글 중에서 편한 것으로 닉과 ID를 보내주세요.

궁금하신 투자에 대해서도 보내주세요. 익명을 보장하여 그와 관련된 생각을 남기겠습니다.

당신의 투자에 도움이 되었으면 좋겠습니다. 당신의 투자가 성공적으로 마무리되기를 바랍니다.

방장의 투자

나는 종목을 추천하지 않는다. 좋은 종목이 있다면, 그것을 추천할 이유가 없다. 내가 사야 한다. 그리고 산 것을 증명한다. 좋다고 다 오르는 것은 아니다. 더욱이 계속해서 오르는 종목도 없다. 상승하는 주식에 조정이 오면, 그 조정이 상승에 따른 '일시적인 하락인지 소위 말하는 끝물인지를 파악해야 한다. 그러니까 주식투자는 매수한 순간부터 관리해야 한다. 그렇지 않으면 어느 순간 주가는 지옥 같은 구렁텅이로 빠져있는 경우가 허다하다. 언제든지 우리가 알 수 없는 위기는 온다, 반드시.

나는 내가 좋아하는 종목을 산다. 그리고 그 종

목을 공개한다. 그것이 내가 만든 카페의 원칙이다. 다 큰 어른들이 찾아온 주식 카페에서 방장이 산 종목을 사람들은 관심이 있게 볼 것이다. 그것이 어떤 수익 곡선을 그리면서 상승할지를 말이다. 또는 그 주식이 꼬라박을 수도 있다. 그런 상황이 되면, 나는 부끄러워질 것이다. 쪽팔려서 얼굴을 둘 수 있을까? 나는 주식을 빈번하게 거래하고 싶은 생각이 없다. 그래서 한번 사면 길게 가서 수익을 내고 싶은 사람 중의 하나이다. 쉽지는 않다. 한국 기업의 주식들이 그렇게 우상향 하는 종목이 많지 않기 때문이다. 대부분은 어떤 재료에 의해서 거침없는 상승을 하면서 히말라야 같은 산을 만들고 추락하기 시작한다. 떨어지는 것들은 날개가 없는 것처럼. 가능하면 신중하게 투자했다. 늘 그랬던 것처럼.

생각보다 사람들이 많이 왔다. 1만 원이라는 가입비를 내야 내가 포스팅한 내용을 볼 수 있어서 가입을 꺼린 사람들도 있다. 어쩔 수 없다. 일전에 만든 카페에서 나는 사람들이 주식에 관심을 길게 가지지 못한다고 생각했고, 그 생각을 바꾸기 위해서는 결국 어떤 의미를 부여해야 한다고 생각했다. 1만 원이라는 가입비는 일종의 상징성이다. 자기 돈을 낸 사람은 그 돈의 본전을 찾기 위해서 열심히 한다. 그러니까 그들은 나의 계좌를 볼 것이다. 그리고 그 계좌가 어떻게 불어나는지를 보게 될 것이다. 나는 나를 따르기를 바라지 않는다. 나는 나 자신을 따라갈 뿐이다. 그러니까 나는 추천을 하지 않는다. 내가 생각한 종목이 마음에 들면 살 사람은 살 것이다. 아니라고 생각하면 안 사면 된다. 그리하여 시간이 지나서 그 결과를 받아들이면 된다. 나는 돈이 될 것으로 생각해서 투자한 것이다.

대체로 나의 종목들은 수익이 났다. 보통 20개의 종목을 가지고 있었는데, 17개 정도는 빨간불이 들어온다. 내가 보유한 종목 중에서 잘 가지 않는 종목들도 있다. 나는 그런 종목들을 보면서 회원들에게 소개한다. '누군가의 실패는 곧 누군가의 기쁨이다'라고. 1조 이상의 시가총액이 넘는 종목들을 주로 거래했기 때문에 이 종목들은 상폐의 조건에 들지 않는다. 주식은 싸게 사야 한다. 그렇게 내가 실패한 종목들은 누군가에게는 더할 나위 없는 기회가 된다. 그래서 매주 나의 계좌를 공개한다. 실제로 나의 실패를 기호로 삼아 투자를 한 분들이 계셨다.

나는 다른 사람의 주식투자에 관심이 별로 없다.

그 이유는 그가 돈을 벌었다고 내가 부자가 되는 것은 아니기 때문이다. 주식으로 만난 사람들은 어떤 종목이 좋은지에 대해 자주 이야기를 했지만, 정작 나는 그들의 계좌를 본 적이 한 번도 없다. 설사 그가 어떤 종목으로 돈을 벌었다 하더라도, 그들은 돈을 벌고 나서 자랑을 할 뿐이다. 자신이 어떤 종목을 매수할 때 이야기하지 않고, 왜? 시간이 다 지나서 돈을 벌었다고 이야기를 할까? 자랑하고 싶어서일 것이다. 이 바닥의 고수들이 대체로 그렇다. 그러니까 그들이 어떤 종목을 보유하는 순간에는 그 종목이 상승할지, 아닐지는 알 수 없는 것이다. 실패한 종목들, 수익이 그저 그런 종목들이 대부분일 것이다. 그리고 수익이 나는 종목은 몇 개가 되질 않는다. 그러니까 매수의 시점에서는 이야기하지 않는다. 그게 이 바닥의 현실이다.

2019년 5월에 카페를 만들고 수많은 위기가 있었다. 미국과 중국의 패권 다툼이 심해질 때마다 주가는 출렁였고, 장단기 금리차가 줄어들 때 역시 주가는 출렁였다. 한 달 이상을 줄기차게 상승하질 않았다. 그런데도 주식투자는 이어졌다. 특별히 카페 홍보를 하지 않았는데도 사람들은 어떻게 알았는지 찾아왔다. 그렇게 회원 수가 늘었다. 주식으로 돈을 버는 것과 별개로 가입비를 받으면서 새로운 느낌이 들었다. 직장에서 받는 월급과 별개로 수입이 생긴다는 것이 신기했다. 가끔은 홍보를 해서 회원 수를 늘려볼까 하는 얕은 생각도 했었다. 내 머릿속에는 언제나 캡틴 K의 수익이 머릿속에 있었다. 솔직히 부러웠다.

동시에 나는 카페에서 좋은 사람들을 알게 되었다. 평범한 직장인인 내가 만날 수 없는 사람들이었다. 그중에는 공시 담당자도 있을 정도였다. 그들이 이 카페를 어떻게 바라보고 평가할지는 모른다. 나는 내가 선택한 투자의 길을 걸어갈 뿐이며, 그 길에서 우연히 만난 이들에게 조금이라도 도움이 되기를 바랐다. 잘은 몰라도. 자기가 낸 1만 원이 아까워서라도 죽어라 열심히 보고 있지 않을까.

코로나! 최악의 상황을 맞이하다

솔직하게, 카페를 만들고 주식투자가 쉬웠던 적은 거의 없었다. 미국과 중국의 패권 다툼 속에서 한국은 늘 고래 싸움에 새우처럼 등이 터지고 있었다. 좋을 만하면 어떤 사건이 터지면서 우르르 무너졌고, 무너진 것을 다시 쌓다 보면 또다시 어떤 사건이 터지면서 무너졌다. 모래 위에 성을 쌓다가 무너지고 다시 쌓고를 반복하는 것처럼, 주식투자가 그랬다.

그러다가 갑자기 코로나가 터졌다. 카페를 만들고 자식에게 주식을 물려주는 계획을 세운 지 반년만의 일이었다. 재수가 없어도 이렇게 없을 줄이야. 코로나가 터진 2020년은 첫째가 초등학교에 들어가는 해였다. 아내는 첫째의 등·하원과 공부를 위해 1학기 휴직을 했다. 등교하지 않는 아이들과 늘 집에 있었다. 모든 사람이 코로나는 기회라는 생각을 했듯이, 나 역시 내 인생에 신이 준 마지막 기회일지도 모른다는 생각이 들었다. 아내에게 진지하게 말했다.

"우리 인생을 역전시킬 마지막 기회일지도 몰라. 외환위기, 리먼 사태 같은 거야. 우리 투자금을 키워서 한번 인생 역전해보자."

아내는 스마트폰을 만지작거리면서 검색하기 시작했다. 주식에 크게 관심이 없었던 아내는 이번에도 흔쾌히 승낙하려는 분위기를 보이지 않았다.

"괜히 이야기 꺼냈네. 없던 이야기로 하자."

이렇게 마무리를 했다. 하루가 지나고 아내가 어제 했던 이야기를 다시 꺼냈다. 어디선가 들은 게 있었던 것 같았다. 그렇게 아내는 얼마면 되겠냐고 물었다. 첫째 입학에 맞춰서 이사를 온 터라 큰돈도 없었다. 그렇게 아내는 5천만 원을 주었다.

코로나의 위기는 생각보다 심각했다. 그러나 역사적인 교훈으로 보았을 때 미국이 언제 양적완화를 하여 내려가는 주가를 부양할지의 문제만이 남은 상태였다. 나 역시 경제의 역사를 익히 알고 있었던 터라, 이 문제가 그렇게 어렵게 끝날 그것으로 생각하지는 않았다. 그래서 처음에는 인버스를 샀다. 역시나 내 생각처럼 주가는 내리면서 약간의 돈을 벌었다. 계속해서 이 추세가 이어질 것으로 생각하지는 않았다. 양적완화가 시작되면 인버스는 손실이 나는 구조다. 인버스로 돈을 벌어서 기분은 좋았지만 내심 불안했다. 이쯤 되면 양적완화가 시작될 것 같은 생각이 들면서, 나는 네이버와 현대차 주식을 3대 1로 나눠서 샀다. 생각처럼 양적완화는 시작하지 않았고, 내가 산 주식들은 곤두박질치고 있었다. 주가가 내리면서 남은 돈을 계속해서 분할 매수했다. 사는 만큼 계속 빠졌다. 내 생각과 다르게 뭔가 잘못 흘러가고 있다는 생각이 들었다. 인생 역전은커녕, 벼락 거지가 될 것처럼 내 심장은 쫄깃해져만 갔다. 괜히 했다. 그냥 조용히 지낼 것을.

코로나로 첫째는 등교를 알 수 없는 상황이 이어졌고, 둘째 역시 유치원에 등원하지 않았다. 아내는 답답해했고, 우리는 여행을 선택했다. 15년 차 근속 휴가가 10일 있었던 터라 앞뒤로 휴가를 붙이면 2주는 쉴 수 있었다. 그렇게 우리는 제주도 10일 여행을 준비했다. 놀기 대장이었던 우리 부부는 번개처럼 여행 준비를 했다. 떨어질 대로 떨어진 제주도 비행기 표를 샀고, 10일 동안 장기체류할 집을 구하느라 에어비앤비를 뒤졌다. 그렇게 우리는 3월 16일 김포를 떠났다. 금요일이었다. 아직도 그날을 기억하는 이유는 3월 19일이 코로나로 인한 주식시장의 최저점이었기 때문이다. 여행하면서 가끔 아내 몰래 주식을 보았고, 망해가는 나의 잔고를 보면서 애써 웃음을 짓느라 고생을 했다. 개고생을 말이다. 월요일 나의 잔고는 마이너스 6백만 원이었다.

그날 밤, 아이들을 재우고 간단히 맥주를 한잔 마셨다. 아내가 물었다.

"주식은 잘 돼 가는 거야?"

"(알면서도) 모르겠는데… 잘 되고 있겠지. 노느라 볼 틈도 없다."

"돈이 더 필요하면 말해. 5천만 원 더 줄 수 있으니까."

"(절레절레) 아니야, 괜찮아."

5천이 더 있었으면 마이너스가 1천 2백만 원은 되어 있었을 거다. 지금 생각해보면 5천을 더 받아서 올인을 했었어야 했겠지만, 그때만 해도 5천을 더 넣었으면 내 인생은 망해있었을 것이라는 생각이 지배적이었다. 그냥 망한 것이 아닌, 존망!!!

그렇게 우리는 여행을 계속했다. 제주도는 열 번 넘게 가봤지만, 봄의 제주도는 처음이었다. 유채꽃과 벚꽃이 흩날리던 제주도의 봄은 너무 아름다웠다.

위기는 기회였다

아내는 제주도 한 달 살기를 해보고 싶어 했었다. 하지만 나는 제주도에서 한 달을 사나? 집에서 한 달을 사나? 뭐가 다르냐고 하면서 제주도 10일 여행으로 아내와 타협을 봤다. 집으로 돌아갈 시간이 가까워질 즈음 나는 봄의 제주도에 흠뻑 빠져있었다. 한 달은 살아야 할 것 같은 생각이 들었다. 그렇게 집으로 돌아올 시간이 가까워졌다.

신기하게도 망할 것 같은 내 인생의 주식들도 서서히 회복되고 있었다. 하락하는 것도 한순간이었는데, 회복하는 것도 한순간이었다. 그렇게 다시 일상으로 돌아왔다. 주식투자 만큼이나 봄의 제주도를 나는 잊지 못한다.

아직 본전이 되지는 않았지만, 아내가 물을 때마다 나는 자신 있게 대답했다.

"시간이 지나면 코로나도 끝나는 거야!"

솔직히 내 마음은 답답했지만, 아내에게 나의 솔직함을 털어놓을 용기가 없었다. 쥐구멍이라도 있다면, 나는 그 안으로 들어가고 싶었다. 돈을 벌기 위한 투자는커녕, 돈을 잃어서 잃은 것을 만회하고 있는 투자를 하고 있었다. 비극이었다. 주식투자는 정말 어려운 것임을 새삼 느낄 수 있었다.

시간은 지나가기 마련이다. 신기했다. 주가가 반등하면서 잔고가 빨간색으로 바뀌었다. 수익은 점점 늘어났다. 무엇보다도 코로나로 인한 일상의 변화가 '언택트'라는 용어로 불리면서 내가 투자한 네이버가 주도주가 된 상황이었다. 같은 섹터의 기업인 카카오 역시 좋은 주가 상승을 보이기 시작했다. 내 얼굴에도 미소가 가득해지기 시작했다. 솔직히 내 인생이 역전될 리는 만무하다. 제주도에서 아내가 5천만 원을 준다고 했을 때 용기 있게 받았어야 가능했을지 모른다. 고작 5천만 원 투자해서 얻을 것은 그렇게 크지 않다. 그러나 코로나의 위기에 내가 아무것도 하지 않고 가만히 있었다면 누가 십 원 하나라도 주었을까. 위기는 기회다. 나의 투자는 성공적으로 순항하고 있었다.

쉽지 않았다, 주식투자를 위한 공부

언택트에 대한 이야기가 도배되고 있었다. 코로나의 위기에 도태된 기업을 살아남지 못할 것이라는 전망이 지배적이었다. 세상은 그렇게 변해갔다. 그 흐름에 따라 나도 돈을 벌었다. 직장을 잃고, 신규 일자리는 씨가 말라가고, 오프라인의 소상공인들은 무너져가는 상황 속에서 투자로 돈을 번 사람들이 많아지고 있었다. 부동산으로 돈을 번 사람도 많아지고 있었다. 봄에 이사를 온 우리 집도 두 배가 뛰었다. 1학기 휴직을 한 아내의 월급도 코로나의 주식투자로 메울 수 있었다. 인생 역전은 아니었지만, 그렇게 우리 가정은 코로나 위기를 이겨낼 수 있었다. 감사할 일이었다.

'계속 가는 주식은 없다!' 내 머릿속에 항상 잊히지 않는 격언이다. 존 보글이라는 투자자가 있다. 버핏에게는 '현인'이라는 존칭이 붙는다면, 그는 '성인'라고 불리는 미국의 투자자이다. 그는 주식투자의 세 가지 리스크에 대해 말했다. 첫째는 종목 선정의 리스크, 둘째는 종목 관리의 리스크, 셋째는 시장으로부터 오는 리스크를 어떻게 관리하느냐에 따라서 투자의 성패가 결정된다고 했다. 그러니까 코로나라는 시장의 리스크에서 시작한 주식투자를 네이버라는 종목으로 결정했던 나였지만, 이 주식이 계속 상승하지는 않았다. 3월에 정점이었던 네이버는 8월을 고점으로 더는 상승하지 않았다. 그리고 시장의 성격을 달리하면서 HMR(Home Meal Retail), 배터리, 자동차, 그린과 같은 섹터로 순환매를 타고 있었다. 그때부터 나의 주식투자도 어려워졌다. 상승하는 주가가 더는 오르지 않으니 답답하기도 했다. 그렇게 나는 나 자신의 변화가 필요하다고 생각했다. 공부가 필요했다.

유튜브 같은 채널에서 전문가들은 주식을 하는 사람들에게 늘 조언한다. '공부하라'라고. 나는 이 공부의 정체가 무엇인지 모르겠다. 기계를 전공하면서 경영을 복수로 배웠지만, 경영학에 포함되어 있는 투자론은 배운다고 투자를 잘할 수 있는 것은 아니다. 하물며 전공을 한 사람이 아닌 자가 어떤 공부를 해야 주식을 잘 할 수 있을까. 나는 그 오묘한 조언을 해석할 능력이 되지 않는다. 나는 계속해서 계좌를 공개하면서 투자를 이어갔고, 나름의 방장이라는 타이틀로 인해서 투자를 잘하고 싶은 생각이 지배적이었다. 솔직히 대단한 투자를 하는 것도 아니었다. 내가 마음에 드는 주식을 분산해서 매수한 이후에 내가 하는 것은 아무것도 없었다. 투자란 그런 것이 아니겠는가. 그러나 금요일마다 공개되는 계좌의 수익이 늘어나지 않으면 나 스스로 쪽팔리는 마음을 감출 수는 없었다. 잘하고 싶었다. 그래서 네이버에서 유명한 '가치투자연구소'에 가입을 해서 주식을 배워보기로 생각했다.

올라오는 글들은 많았는데 가치투자에 대한 개론만 포스팅되곤 했다. 궁금함을 참지 못하는 나는 그런 글에 댓글로 물어보기 시작했다. 하여 '그 가치란 것에 대해서는 알겠으니. 그 가치에 걸맞은 종목은 무엇인가요?'라고 묻곤 했다. 주식이란 다양한 투자 대상의 하나일 뿐이다. 투자는 부동산이 될 수도 있고, 채권, 금, 달러, WTI 원유, 코인처럼 다양하며, 주식이란 그 다양한 투자처 가운데 하나일 뿐이다. 덧붙여서 주식이라는 투자를 선택했다면, 결국에는 어떤 종목을 선택해야 하는 고민을 해야만 한다. 그러니까 중요한 핵심은 종목이 될 수밖에 없다. 가치란 것은 포장지에 불과한 수사일 뿐이며, 선물이라는 핵심은 결국 종목일 수밖에 없다. 그것이 투자다. 나의 마음이 흔들릴만한 대답을 그곳에서 찾지 못했다. 그들은 언제나 '저도 주린이라서 잘은 모르고요.(쩜쩜쩜)'이라는 댓글뿐이었다. 답답했다. 그래서 오프모임이 있는지를 찾아보았다. 나 역시 오프모임을 통해서 2~3시간 주식에 관한 이야기를 주절주절 떠들 수 있는 수준은 되었지만, 배움을 원했던 내가 찾는 그런 모임은 없었다. 코로나 때문이었을지도 모른다. 그래서 내가 사는 지역인 일산 마두동에서 오프모임을 만들기로 했다.

내가 만난 투자자들

오프모임을 할 때마다 놀란다. 관심이 있는 사람이 이렇게 많다니.

일산의 마두동에 사는 나에게 종로는 너무 멀었다. 오프모임의 스터디룸은 종로에 많다. 나도 그곳에서 오프모임을 해봐서 안다. 주말에 그곳까지 가기 위해서는 1시간 전에는 집을 나서야 한다. 독박육아는 부부싸움으로 이어지니 나는 되도록 가까운 곳에서 오프모임을 하고 싶었다. 그렇게 집에서 가까운 마두역 인근, 301카페에서 오프모임을 계획했다. 코로나가 가득한 9월의 어느 토요일 오전 10시였다.

10명이 오프모임에 나왔다. 정원을 채웠다. 첫

번째 만남이라서 특정한 모임의 규칙 같은 것은 없었다. 가까운 동네에 사는 주민들끼리 주식 이야기를 하고 싶었을 뿐이다. 모임에 오기 전에 투자하고 있는 종목 하나씩만 가져와 달라고 부탁을 했다. 처음 보는 사람들끼의 어색함을 달래기 위해 나는 주식에 대한 썰을 30분 정도 털어놓았다. 그리고 각자 간단한 소개와 보유한 종목 중에서 공유하고 싶은 기업을 소개했다. 기억에 남는 몇 사람이 있다. 아직도 잊히지 않는 분들이다.

가장 가까운 곳에 앉았던 50대의 중년이 이야기를 시작했다. 토목 일을 하시는 분이셨다. 그분은 세화피앤씨라는 종목을 추천해주셨다. 자신이 고른 가치투자의 종목으로 매력이 있다면서. 사실 나는 그 종목에 관심이 없었다. 그러나 그의 이야기를 들으면서 세상의 풍파 속에서 인생을 곱게 가꾸신 분이라는 생각을 지울 수 없었다. 주식투자라는 것을 떠나서, 문득 그와 같은 50대를 보내고 싶은 생각이 들었다. 그는 펀드도 하고 있었는데, 전문가라는 사람들도 별수가 없다면서 비판을 하기 시작했다. 그렇게 세상은 풍파와 비슷하지 않을까. 아무도 내 돈을 소중하게 여기지 않는다. 그렇게 그는 이야기를 마쳤다.(20년

9월의 세화피앤시는 4천 원이었고, 21년 3월 9일의 종가는 그때와 똑같다.)

두 번째로 이야기를 해주신 분은 정유업체에서 일하는 분이셨다. 그래서 그 바닥을 잘 안다고 했다. 그러니까 더 신뢰가 갔다. 자신이 보기에는 롯데케미칼이 가장 좋게 보인다며 추천을 해주었다. 사람이 많아서 자세한 내막은 듣지 못했지만, 본업에 있는 사람이 본업을 설명해줄 때 가장 빛이 난다는 것을 느꼈다.(21만 원이던 롯데케미칼은 31만 원으로 훌쩍 올랐다. 인플레이션의 기대감으로 인해 스프레드가 확장되면서 기업의 이익이 늘어났기 때문으로 해석된다.)

세 번째로 이야기를 해주신 분 역시 데이터와 관련된 본업 속에서 찾은 진주 같은 기업이라며 케이아이엔엑스를 소개했다. IP 관련 독과점 기업으로 자신이 보는 관점에서 가장 매력 있는 기업이라고 했다. 미국에서 살다 와서인지 해당 산업에 대한 선진기업의 비전을 쉽게 설명해주셨다. 그의 이야기를 들으면서 새로운 종목을 발굴하게 되었고, 그 기업으로 괜찮은 수익을 냈다. 내가 오프모임을 하면서 얻고자 했던 목적이었다. 돌아오면서 같은 단지에 사는 주민이었다는 것을 알았다. 정말 신기했다. 귀인이 이렇게 가까운 곳에 살고 있었다니. 세상은 참 좁다.(9만 원이던 케이아이엔엑스는 7만2천 원으로 하락했다.)

네 번째로 이야기를 해주신 분을 나는 잊지 못한다. 그분은 젊었다. 나와 비슷한 또래로 보였다. 다른 곳에서도 주식과 관련된 오프모임을 두 개씩이나 한다면서 자랑했다. 그리고 본인은 종목만 알려주면 자신이 알아서 투자할 수 있을 정도로 기술적 분석에 능하다고 했다. 그러면서 그는 수젠텍이라는 종목에 올인하고 있다고 했다. 수젠텍은 진단키트를 만드는 기업이었다. 그를 통해서 알게 되었는데, 그는 수젠텍이 제2의 씨젠과 같은 종목이 될 것이라며 자신했다. 굉장한 자신감이 있는 분이셨다. 그래서 모임을 마치고 나는 이 종목의 주가를 자주 확인했다. 그리고 나는 그의 인생이 어떻게 되었을지 궁금했다. 5만 원이 넘던 수젠텍의 주가는 지금 1만 원대로 폭삭 주저앉았기 때문이다.

마지막으로 가장 인상 깊은 분이 계셨다. 그분은 10여 년간 한국에서 주식 트레이더로 일한 여의도의 전문가였다. 그리고 5년간 미국에 있다가 한국에 잠시 왔다고 했다. 한국 시장은 많이 변해 있었고, 자신도 스타트 업을 준비하는 중이라고 했다. 그가 자신의 경력을 이야기하면서 나는 이런 생각을 했다.

'이 모임은 당신이 만들었어야 할 자리 같아요.'

30분 동안 썰을 풀었던 나를 그는 어떻게 보았을까. 문득 쥐구멍이라도 숨고 싶은 생각이 들었다. 그는 이런저런 좋은 말씀을 많이 해주셨다. 무엇보다도 영어 발음이 너무 좋아서 전문가적인 느낌이 확 들었다. 정말 돈주고도 들을 수 없는 가치투자에 관한 이야기가 이어졌다. 모두가 멍하니 그를 쳐다보고 있었다. 시간이 가는 줄도 모른 채 말이다. 하여, 중간에 나는 중재에 이르렀다. 너무 많이 이야기를 주절주절하고 있어서였다.

"선생님의 말씀에 감사드립니다. 혹시 투자하고 있는 종목이 있다면 여기 계신 분들에게 알려주실 수 있나요? 하나만이라도?"

"공부 중입니다."

나는 머리가 띵했다. 아니. 코로나 이후 이렇게 좋은 초 강세장에 공부하고 있으면 되는가! 전문가라면 뭐라도 하나 건져서 돈을 벌고 있어야 하지 않나? 나는 그런 생각에 머리가 띵했다.

　"그러면 관심이 있는 섹터나 전망이 밝은 산업이라도 알려주실 수 있나요? 하나만이라도?"

　"그것도 공부 중입니다."

　나는 미칠 것 같았다. 이 좋은 장에 뭐라도 하나 건져서 먹어야 하지 않을까! 공부 중이라는 그분의 말씀에 정말이지 미칠 것 같았다. 그래도 나름으로 명문이 있다는 네이버의 가치투자연구소에서 오신 분들인데 하나같이 왜 이럴까? 도대체 그 가치란 무엇인가? 아니 그 가치를 대입할 종목은 무엇인가?
　주식에 투자하면서 나는 고수를 만나본 적이 없다. 혹여나 만났다 하더라도 그는 종목을 이야기하지 않았다. 늘 물고기 잡는 방법에 대한 이야기만을 했다. 그놈의 지긋지긋한 가치에 관한 이야기가 나는 지겹다. 공부하라는 조언 역시 나는 지겹다. 도대체 그 물고기는 무엇인가? 그렇게 나는 또 한 명의 전문가를 만났다. 아직도 내 기억 속에서 잊히지 않는다. 영어 발음이 너무 유창해서 잊을 수 없고, 공부 중이라는 그의 답변에 나는 아직도 머리가 띵하다. 그렇게 지역 커뮤니티는 세 번을 더 했고, 그곳에서 만난 사람들의 종목 속에서 또다시 알 수 없는 딜레마에 빠졌다. 가치투자란 정말 돈을 벌 수 있는 것일까? 그들은 정말 그 종목을 장기투자하고 있을까? 이 좋은 주식시장에서 그들은 돈을 벌고 있을까? 커뮤니티를 통한 주식 공부는 모임을 통해서 약간의 수입을 챙길 수 있는 정도에 지나지 않음을 느끼게 되었다. 그렇게 코로나 사회적 거리두기의 단계는 2단계를 넘어가면서 더는 하지 않기로 스스로 다짐했다. 그냥 혼자 하는 게 낫겠다는 생각이 들었다.

주식투자의 핵심

〜〜〜〜〜

　　내가 처음으로 주식을 보유한 종목은 삼성전기다. 졸업을 하면서 내가 가장 가고 싶었던 기업이 삼성전기였기 때문이었다. 그곳에 취업하지 못했지만, 삼성전기라는 종목으로 주식을 시작했다. 지금은 MLCC 카메라 모듈을 큰 축으로 사업을 하는 기업이지만, 그때까지만 해도 삼성전자의 부품 회사였다. 콘덴서 정도 만드는 회사였다. 그때가 2000년 초반이었다. 사스가 잠시 창궐했고, SK는 분식회계를 했던 시기다. 그렇게 주가는 움직이지 않았다. 2년 정도 월급을 타면 꾸준히 매수했었는데, 그때 읽었던 책 속의 이론과 주가의 현실은 달랐다. 딜레마였다.

어쩌면 2년이라는 짧은 시간 안에 무엇인가를 이루려고 했던 나의 무지가 가장 큰 문제였을 것이다. 그렇게 삼성전기를 매도하고, 기아차 현대중공업 한국타이어 같은 몇 개의 종목들을 같은 방식으로 투자하기도 했다. 그리고 2011년 6월 결혼을 앞두고 5월 신혼집 잔금을 준비하면서 모든 주식을 처분했다. 돈을 많이 벌었다. 신혼집을 살 수 있을 정도였으니까.

주식을 처분한 후에도 나는 가끔 삼성전기를 확인하곤 했다. 그래도 주식으로는 첫사랑이었기 때문이다. 삼성전기도 16만 원까지 갔었다. 그러니까 내가 주력으로 보유했던 차화정(자동차, 화학, 정유)만 그런 것은 아니었다. 첫사랑의 삼성전기만 꾸준히 가지고 있었어도 별반 다르지 않은 수익을 가져갔을 것이다. 그러니까 삼성전기를 처음으로 보유할 당시에는 모든 주식이 좋지 않았다. 그리고 시장이 좋아지면서 대부분 종목이 상승했다. 그게 주식시장이라는 것을 이해하게 되었다. 지금 삼성전기의 사업은 성장세를 타고 있다.

투자의 딜레마는 투자자를 참으로 당황하게 만들곤 한다. 그러니까 삼성전기는 2011년 꼭지에서 미끄러졌다. 그리고 주가가 4만 원까지 내려갔었다.

그리고 다시 살아난 것이다. 참으로 신기한 것은 같은 기간에 지금 잘나가는 현 기아차도 그랬다. 정말 밑도 끝도 없이 내려가다가 최근에 다시 반등한 것이다. 그것이 주식투자의 기간인 장기투자를 괴롭게 하는 딜레마가 아닌가 생각한다.

사람마다 투자의 성향이 달라서 어떤 방식의 투자가 좋은 것인지는 규정하기 힘들다. 그러나 주식투자의 궁극적인 목적은 노동이 아닌 돈이 일하게 하는 방식을 만드는 것으로 생각하는 사람 중에 한 명이다. 예를 들어, 대한민국의 가장 좋은 투자 종목인 삼성전자로 이야기하면 좋을 것 같다. 삼전은 액면가 100원이고, 주당 1,900원 정도의 배당을 준다. 나도 삼성전자 우선주를 가지고 있다. 19년 6월부터 자식에게 물려주는 종목으로 보유를 시작했다. 평단 4만 2천 원이다. 삼성전자보다 수익률이 더 좋은 종목도 많다. 그러나 수익률을 떠나서 주식투자로 지속해서 돈을 버는 방식은 결국 배당 소득이거나 시세차익으로 결정이 날 뿐이라는 것이다. 이 부분을 조금 더 생각해보면 좋겠다.

예를 들어, 20년 작고한 이건희 회장이 대표적인 투자의 모델이 되어야 한다고 생각하는 태도로, 그는 해마다 삼성전자로부터 1,400원가량의 배당을 받았다. 그런데 그가 보유한 평단은 100원이라는 것이다. 그러니까 그는 시세차익을 떠나서 매년 투자금의 1,400%의 수익을 가져가는 엄청난 수익을 기록했다. 정말 꿀이지 않은가. 그에게는 삼성전자로 얼마를 벌었는지가 중요한 것이 아니다. 삼성전자로 몇 퍼센트의 수익이 났는지가 중요하다면 좋은 가격에 팔아야 마땅하다. 그러나 그가 시세차익을 위해 매도하는 순간부터는 매년 1,400원의 배당 소득도 사라지는 결과를 가져온다. 황금알을 낳는 거위의 배를 가르는 것과 다르지 않다. 당신이라면 어떤 선택을 하겠는가? 당연히 홀딩이다. 그리고 회사의 이익을 더 많이 내기 위해 경영에 최선을 다할 것이다. 나는 그것이 투자라고 생각하는 사람 중에 한 명이다.

문제는 여기서 시작된다. 그의 평단은 100원이고, 나의 평단은 4만 2천 원이라는 것이다. 지금 삼성전자 우선주를 사는 사람은 7만 원이 넘는 가격에 사야 한다는 것이다. 그러니까 똑같은 주주이지만 배당금이 다르다. 나는 이 딜레마가 투자자를 투자와 투기의 소용돌이 속에서 헤매게 한다고 생각한다. 너무 비싼 것이다.

어떤 것이 정답인지는 나도 모른다. 나는 평범한 직장인일 뿐이고, 이 시대에 주식이든 부동산이든 아무것도 하지 않는 사람은 결국 노동으로 가난해질 가능성이 너무 크다고 생각하는 사람 중에 한 명일 뿐이다. 나는 나의 가난을 피하고 싶어서 주식투자를 할 뿐이다. 누구에게도 주식을 권하지 않는다. 투자를 통해서 원금을 잃을 가능성을 무시할 수 없기 때문이다. 같은 관점에서 19년 6월에 아이들 이름으로 새롭게 주식을 하지 않았다면. 지금의 이익을 얻어낼 수 있었냐는 질문에 대해서도 자신 있게 답하기 힘들다. 그때도 지금처럼 주식시장의 위기는 많았기 때문이다. 국민 대부분이 가난해지는 코로나 위기에 국민의 가난 구제도 임금이 해주지 못하는 작금의 현실 앞에서 일개의 개인인 내가 어찌 주식투자를 권할 수 있을까! 불가능하다. 그렇게 우리 사회 다수의 구성원은 그것이 주식이든 부동산이든, 자산 시장에 기댄 개인의 경제적 성장에 단단히 미쳐있는 것이 아닌가 하는 생각을 지울 수 없다.

시세차익을 원하는 단타든 스윙이든 중장기 투자든 나처럼 정년을 앞두고 노동 소득의 고갈을 어떻게 준비할 것인지에 대해 고민하는 분들에게는 시세

차익이 중요한 것은 아니다. 시세차익이 중요하다면, 개별종목이 가진 모멘텀과 시장의 상황을 빠르게 판단하여 투자금을 넣고 빼고 반복하면 된다. 나는 그런 그릇이 되지 못한다. 코로나 이후에 성장주가 시장의 키워드로 자리를 잡으면서 나도 조금 해보았다. 돈은 벌었지만, 머리가 아파서 이내 포기했다. 마치 멀티 태스킹으로 버퍼링이 난 컴퓨터처럼 나의 복잡한 머리를 쥐어 잡고 타이레놀을 먹곤 했다. 그것은 나와 어울리지 않는 방식이었다. 결과적으로 좋은 기업에 장기투자하는 것이 본업에 충실하면서도 마음이 편안한 투자가 된다는 것을 새삼 깨닫게 되었다. 오로지 나에게 적합한 방법이었다는 점이다.

코로나가 창궐하는 만큼 우리 사회는 가난이 창궐한다. 가난이 창궐한다는 것은 그만큼 부자가 창궐한다는 뜻이기도 하다. 그래서 양극화라고 불리는 시대다. 위기가 올 때마다 빈부의 격차가 벌어졌다. 외환위기 때에 그랬고, 리먼 사태에 그랬고, 이번 코로나에도 그랬다. 역사는 반복이었다.

지나간 것을 뒤로하고 미래는 어떠할까? 그걸 알 수 있다면 주식에 관심을 가지고, 스터디까지 하면서 관심을 두지 않아도 될 것이다. 그만큼 미래는 알 수 없다. 알 수 없는 불확실한 미래에 어떤 선택을 해야 하는지는 각자의 선택에 달렸다. 원해서 태어난 삶은 없을 것이다. 그러나 삶이 주어진 순간부터는 자신의 선택에 따라 살아야 한다. 그리고 그 선택에 따라 미래는 정해진 것이 아닐까. 주식투자의 방식도 그런 것 같다. 어떤 종목을 선택하느냐에 따라서도 미래가 달라지지 않을까. 지금, 이 순간에는 그 선택이 옳은 것인지 잘못된 것인지 알 수 없다. 그러나 부자가 된 사람들의 특징, 특히나 주식으로 큰 부를 가진 사람들은 특징은 작고한 이건희 회장과 같은 스타일을 가지고 있다고 생각한다. 그분을 비호할 생각을 추호에도 없다. 그저 그분이 액면가 100원으로 매년 1,400원의 개꿀을 가져갔던 그 방식이 너무나 부러울 뿐이다. 황금알을 낳았던 거위알을 그가 시세차익으로 처분하지 않고, 자식에게까지 그것을 물려주려고 했던 그 이유를 나는 이해한다. 충분히! 그리고 그 자식이 그것을 끝내는 버리지 않고 이어받으려고 하는 그 이유도 말이다. 그것이 주식투자의 핵심이 아닐까.

어항 속에 우리

주식시장이라는 어항 속에는 여러 물고기가 살면서 생태계를 이루고 있다. 그 어항은 경제 성장을 토대로 성장하기도 하고, 때로는 경제 위기로 축소되기도 한다. 위기가 찾아오면 유동성을 공급하여 어항 속에 물고기들이 살아가게 만들고, 경제의 호황이 찾아오면 유동성을 축소하여 어항 속에 물이 밖으로 빠져나가지 않게 수위를 조절하기도 한다. 넘치듯 넘치지 않게 찰랑찰랑한 수면을 유지하면서 평화로운 생태계는 하루도 쉬지 않고 이어지고 있다는 점이다. 그것이 주식시장이라는 어항 속의 자본시장이다.

무릇 생명체의 근본적인 목적은 죽지 않고 행복

하게 살아가는 것이 아니던가. 이 어항 속에 모든 생명체도 그렇다. 또한 이 생명체들은 신기하게도 똑같은 꿈을 꾸고 있다는 점이다. 모두가 수익을 원한다. 어떤 사람은 소방관이 꿈이고, 어떤 사람은 교사가 꿈이며, 어떤 사람은 삼성맨이 되기를 바라고, 또 어떤 사람은 공무원이 되겠다는 서로 다른 꿈과는 다르다. 내가 산 가격의 주식을 비싸게 팔겠다는 목적이 있다는 점이다. 모두가 똑같은 목적의 꿈이다.

이 어항에 가장 작은 생명체는 피라미 같은 개인 투자자다. 하위 생명체가 그렇듯이 역시 가장 큰 투자금을 가지고 있다. 이들의 꿈은 주식투자를 통해서 피라미 같은 인생에서 벗어나 망둑어 같은 슈퍼 개미가 되는 것이 꿈일지도 모른다. 직장을 다니면서 열심히 공부하고 스터디도 하면서, 본업보다 주식에 더 많은 관심이 있는 이들이 많다. 점점 많아지고 있다는 점에서 놀랍다. 어차피 노동으로 인생 역전이 되지 않는 사회에서 망둑어가 되겠다는 꿈은 지극히 자연스러운 것일지도 모른다. 그러나 하위 생명체는 상위 포식자인 붕어라 불리는 기관의 먹이가 될 처지에 놓여 있다. 붕어보다 더 높은 상위 포식자인 고래라 불리는 외국인에게도 먹힐 가능성이 크다. 그래서 붕어의 눈치를 살피느라 힘들고, 고래에게 잘못 물리면 잔고가 크게 박살이 나기 때문에 하루도 쉬운 날이 없는 존재로 살아간다.

개인은 붕어라는 기관을 아주 싫어한다. 붕어란 본디 자기가 한 일을 3초면 잊어버리는 특징이 있는 물고기가 아니겠는가! 그래서 기업의 리포트는 Buy Call로 적으면서 자기들은 신나게 팔아치우곤 한다. 더욱이 붕어는 본디 피라미와 같은 나라의 사람이라서 애국을 해야 한다는 생각이 있다. 그런데 고래보다 피라미를 더 많이 죽이기 때문에 피라미들이 가장 신뢰하지 못하는 물고기 중의 하나이기도 하다.

그러나 붕어도 나름의 고충이 있다. 피라미보다는 몸집이 커서 자본이 많고 정보도 많다. 나름의 전문가 그룹이다. 그러나 그들도 고래라는 포식자 앞에서는 깨갱댈 수밖에 없는 존재라는 점이다. 그래서 고래의 움직임을 관찰하면서 그 틈을 타서 배고픈 배를 움켜잡고 피라미들을 잡아먹기 바쁘다는 것이다. 이것이 현실이다. 붕어와 피라미의 관계는 정말 묘해서 때로는 피라미가 사는 종목에 붕어가 돈다발을 들고 와서 크게 올려주기도 한다. 그때는 피라미도 붕어를 좋아한다. 그러나 주가가 껑충 뛰어서 볼린저

밴드의 상단을 넘기 시작하면 주가는 밴드의 속으로 다시 들어오고, 종가도 5일 평균선에 닿으려는 성질이 강하다. 그렇게 5일이 무너지고, 20일이 무너지고, 60일이 무너지고, 120일이 무너지면서 누군가는 돈을 잃는 것이 주식시장의 역사였다. 그것 역시 붕어가 피라미를 잡아먹기 위함이기도 하겠지만, 근본적으로는 붕어가 고래에게 잡아먹히지 않기 위한 자신의 생존 전략이기도 하다. 고래가 없는 시총 4천억 이하에 붕어가 대장 노릇을 한다는 것은 그만큼 그 종목에 고래가 없기 때문이지 않을까. 그 사이에 참치처럼 빠른 투신이 단타를 일삼고, 갈치처럼 유연한 금융투자가 이 종목에 진입하면 주가가 날아가는 듯하면서도 어느 순간 힘없는 종이짝처럼 주가가 곤두박질치곤 한다. 이것이 주식시장이다.

　고래는 어떨까? 아니 고래의 꿈은 무엇일까? 맞다. 고래의 꿈은 이 어항을 벗어나는 것이다. 본디 고래는 이 어항에서 태어난 존재가 아니기 때문이다. 본국으로 돈을 가져가기 위해 중간 거처로 삼은 터전에 불과하다. 고래는 배가 고프다고 이 어항 속에 있는 붕어와 피라미를 다 잡아먹지 않는다. 잡아먹다가 쉬고, 쉬다가 잡아먹다가를 반복하면서 붕어도 잡아

먹고 피라미도 잡아먹는다. 고래는 실력이 워낙 뛰어나서 삼성전자 네이버 같은 현물로만 수익을 내지 않는다. 더 큰돈을 파생상품에서 벌어간다. 외환위기를 틈타서 들어온 고래가 지금까지 가져간 수익이 그동안 삼성전자가 벌어들인 영업 이익보다 크다는 것이 업계의 정설이다. 상황이 이러니 자본이 얼마나 이 시대에 중요한 핵심인지를 알게 된다. 그러나 고래를 통제하지 못한다. 그들을 통제하는 순간 대한민국이라는 어항의 자본 시스템은 붕괴하여 그 안에 살아가는 모든 피라미들이 살아가기 힘들어지기 때문이다. 외환위기가 그것을 증명했고, 외환은행이 론스타에 먹히는 것을 보면서 대한민국은 정말 많은 금융 공부를 했었다. 다시 그런 공부를 하고 싶지는 않을 것이다. 그리하여. 그저 이 어항이 넘치듯 넘치지 않는 범위 내에서 찰랑찰랑 움직이기를 바라지 않는 것인지도 모르겠다.

　　외환위기, 리먼 사태, 유럽재정 위기를 거치면서 위기는 기회라는 인식이 어항 속 피라미들에게 각인되어 있다. 그렇게 증시는 피라미가 살기 좋은 환경이었는지도 모른다. 그러나 이 어항에 물이 많이 들어오면 이 어항을 탈출하려는 생명체들이 존재한다는 것도 엄연한 사실이다. 고래의 꿈은 이 좁은 어항을 떠나 바다로 가는 것이다. 붕어도 조금 더 큰 붕어가 되기를 원한다. 그 꿈이 이뤄지는 것은 결국 차익을 실현해야 가능한 것이다. 주가가 오를 대로 오른 상태에서 누가 더 비싸게 팔아서 수익을 가져가느냐! 솔직히 그것이 이 어항의 피라미, 붕어, 고래가 꿈꾸었던 최종 목표가 아닐까!!!

이 어항은 절대 깨지지 않는다. 그래서 어항 속에서 몸집을 키우는 몇 가지 원칙들이 있다. 첫째, 분산투자 하라. 둘째, 분할매수 하라. 셋째, 장기투자하라. 이 원칙이 흔들리기 쉬운 요즘이다. 붕어가 만든 펀드에 장기투자해서 수익은커녕 손실이 난 투자자는 너무 많아서 그들은 이제 직접투자의 길로 들어선 상황이 되었다. 코로나가 극성이던 3월 19일 이후 원칙을 잘 지키던 피라미들도 조금씩 흔들리기 시작하고, 붕어는 피라미들에게 알려준 원칙과 다르게 매도하기 바쁘다. 이 딜레마 속에서 피라미에서 슈퍼 개미가 된 망둑어들도 리스크를 관리하라는 조언을 한다. 이제 슬슬 피라미들의 멘탈이 흔들리는 순간이 도래하지 않았나 싶다.

나 역시 피라미다. 많이 벌 때도 있지만, 가끔 많

이 깨진다. 그리고 또다시 붕어들이 조언해준다. '외환위기도 이겼고, 코로나도 이긴 동학 개미가 흔들리면 안 된다. 내일 뚜껑은 내일 까봐야 한다'라고 한다. 또 한 번 속아준다는 심정으로 하루를 보내게 된다. 주식투자에서 여러 격언이 있지만 나는 그중에서 이 격언을 가장 좋아한다.

"수영을 잘할 필요는 없다. 둥둥 떠 있기만
하면 언젠가는 바다로 갈 수 있다."

주식시장은 이론적으로 매수와 매도의 합이 제로이기 때문에 모두가 성공할 수 없다. 그래도 이 글을 읽는 당신이라도 꼭 성공하시기를 바라게 된다. 둥둥 떠 있기만 하면 된다. 어렵지 않다. 꼭 그리시기를 바라본다.

우리 사회의 한 단면

네덜란드의 어떤 중학생에게 꿈을 물었다. 학생은 벽돌공이 되는 것이 꿈이라고 말했다. 왜? 벽돌공이냐고 묻자, 학생은 말했다. '노래를 들으면서 일을 할 수 있기 때문이다'라고.

한국적인 사고방식으로는 전혀 이해할 수 없는 현상이지만, 그들에게는 직업에 귀천이 없다. 우리 사회는 왜? 다들 공무원이 되려고 하고, 대기업에 들어가야 할까? 안정적이고, 월급이 많기 때문이다. 다른 이유는 없다. 초등학교 시절에 우리가 꿈꾸던 꿈들은 어느새 현실이 된다. 그 현실이 공무원, 대기업에 입사하는 것들이다. 그 누구도 네덜란드의 학생처럼 벽돌공이 될 생각은 없다. 애초에 없었을 것이며, 현실에서는 더더욱 만나기 싫은 직업일지도 모른다. 그만큼 우리 사회의 직업에는 보이지 않는 귀천이 있다. 네덜란드의 학생은 왜? 벽돌공이 되려는 꿈을 가지고 있을까? 단순히 노래를 들으면서 일을 할 수 있기 때문이라기보다는 벽돌공이나 화이트칼라나 급여에 차이가 크지 않기 때문인 것이 더 현실적인 이유다. 급여의 40% 이상은 세금으로 걷혀서, 그 세금이 주거 교육 의료를 무상으로 제공하고, 노후에도 걱정이 없이 살 수 있게 해준다. 그것이 서구 유럽이다. 서구 유럽이 다 그런 것은 아니겠지만, 보편적으로 그렇다.

이것이 사실인지에 대해서는 나도 잘 모른다. 노동조합에서 교육할 때마다 단골로 등장하는 이야깃거리였다. 내가 네덜란드의 어떤 중학생을 알게 된 이유다. 회사는 나에게 자본주의를 알려주었고, 노조는 사회주의를 가르쳐 주었다. 뭐가 정답인지는 모르겠다. 각자가 판단할 문제다. 그렇게 회사는 자본주의를 버리지 않았고, 노조는 조금씩 힘을 잃어갔다.

나는 교육을 받으면서 그들의 세상에 매료되곤 했었다. 진보란 듣기만 해도 가슴이 설레는 단어다.

나는 네덜란드의 어떤 중학생 꿈을 지울 수 없다. 똑같이 코로나가 지천으로 널렸는데, 그들은 주식에 미쳐있지 않는다. 유난히 우리 사회는 주식에 대한 열풍이 가득하다. 주식으로 하지 않으면 미래가 없는 것처럼 느껴진다. 혹자는 투자하지 않는 사람은 벼락거지가 될 것이라고 이야기하기도 한다.

주식시장이 달궈질 조건은 너무나 충분하다. 저금리 시대에 투자할 곳은 주식과 부동산 밖에는 없다. 부동산은 오를 대로 올라서 이제는 매수할 주체가 부족하다. 부동산에서 재미를 못 본 사람들이 주식시장에서 돈을 벌려고 가득하다. 여의도의 주식 전문가들은 당연히 그들을 반긴다. 그들이 거래하면서 수수료를 수익으로 가져가기 때문이다. 그렇게 사람들은 돈을 들고 주식시장으로 오고 있다. 무엇보다 이들을 막을 수 없다는 점이다. 개인 스스로가 자신의 이익을 위한 행동을 한다고 하는데 어떤 근거로 그들을 막을 수 있을까. 방법이 없다. 미국에서는 '로빈후드', 중국에서는 '청년 부추', 일본에서는 '닌자'라 불리는 신조어가 등장할 정도로 개인들의 주식투자는 넘쳐난다. 한국에서는 '동학 개미'들이라는 신조어가 생겨났고, 덧붙여서 동학 개미 운동이라고까지 표현한다. 돈을 벌겠다는 개미들의 운동이다. 나 역시 동학운동에 참여자였던 개미의 한 명이다.

지금 벽돌공을 꿈꾸었던 중학생은 어떤 삶을 살고 있을까? 나는 그가 벽돌을 쌓으면서 노동을 할 그것으로 생각한다. 그리고 코로나가 와서 잠시 일을 쉬고 있을 것이다. 그러나 그는 주식을 하지는 않을 것으로 생각한다. 그러니까 그들은 자신이 낸 세금을 국가가 맡아서 관리하고 투자한다. 대표적인 사례가 노르웨이의 국부펀드다. 석유가 나오는 그들은 미래에 고갈된 자원을 함부로 쓰지 않았다. 석유로 벌어들인 돈으로 그들은 전 세계에서 돈이 될만한 자산을 샀고, 그 자산을 불렸다. 전세계에서 가장 큰 자금을 보유하게 되었으며, 동시에 가장 좋은 수익률로 혹시나 닥칠 미래의 위기를 준비했다. 그러니까 벽돌공이 된 그는 그가 원하던 대로 노래를 들으면서 열심히 일했을 것이며, 일해서 번 돈의 절반을 세금으로 내고, 대신에 국가가 준비한 의식주로 생활을 하면서 고단한 하루의 저녁을 휴식으로 보내고 있을 것이다. 주식투자로 돈을 벌려고 미친 듯이 공부하고, 유튜브를 듣고, 스터디 모임을 하면서 어떤 주식이 돈이 될지를 고민하지는 않을 것이다. 적어도 그의 하루는 그랬을 것이다. 부럽다.

어느 순간부터인가 사람들이 모인 자리에서는 주식 이야기가 가득하다. 명절에 가족들이 모여서 부동산 이야기가 나오기도 한다. 배가 고픈 것은 참아도, 배가 아픈 것은 참지 못하는 한국 사회의 정서에 비춰보았을 때 사람들 사이에는 보이지 않는 갈등이 존재한다. 그가 어디에 사느냐에 따라 그 사람의 신분이 결정되는 사회. 그가 어떤 주식으로 얼마를 벌었냐에 따라서 누군가는 조용히 입을 다물고 있는 그런 모습들이 나는 너무 싫다.

버핏 할아버지의 방식

〰〰〰〰〰

누가 뭐라 해도 주식을 가장 잘하는 사람은 버핏 할아버지다. 그는 버크셔 해서웨이Berkshire Hathaway라는 기업을 세계 최고로 만들었고, 덕분에 그가 보유한 주식 지분으로 세계 최고의 부자가 되었다. 그는 어떻게 부자가 되었을까. 세상에는 그와 관련된 수많은 책이 있다. 그러나 사람들은 그처럼 부자가 되진 못한다. 동시에 그처럼 부자가 되기 위해 노력한다. 딜레마다. 누구나 그처럼 부자가 될 수 있는 것은 아니다. 그러나 그처럼 행동하면 부자가 될 가능성은 분명 존재한다. 주식에 관심이 있거나, 주식으로 어떤 영감을 얻는 사람들에게 나는 가끔 그의 이야기해주곤 한다. 나도 그렇게 부자가 될 가능성에 배팅하고 싶을 뿐이다. 부자가 될지 안 될지는 모른다. 그러나 도전을 해 볼 수 있는 것이다. 무엇보다 그 도전을 실천할만한 좋은 로드맵이 있어야 한다.

그가 처음부터 부자였던 것은 아니다. 솔직히 그의 집안은 너무 좋다. 그의 아버지는 애초부터 주식 전문가였다. 버핏은 그의 아버지가 쓴 주식 책을 읽기도 했다. 그리고 아버지는 하원의원이 되었다. 한국으로 치면 증권맨을 직업으로 하다가 국회의원이 된 사람이다. 특별하게 모나지만 않으면 자식이 잘못된 길로 접어들 가능성은 제로다. 아무튼 그는 주식을 좋아했다. 대학에서도 주식을 배웠고, 그의 스승은 벤저민 그레이엄이라는 위대한 투자자였다. 그는 배운 대로 했다. 그는 버크셔 해서웨이라는 섬유회사를 인수했다. 그가 늘 생각했던 대로, 아주 싼 가격에 산 것이다. 그런데 기업은 돈을 잘 벌지 못했다. 그는 고민한 끝에, 섬유회사를 보험업을 주 사업으로 하는 회사로 바꿨다. 가이코, 어플라이드, 언더라이터스, 제너럴리 같은 보험회사를 자회사로 두고 그 회사가 벌어들인 수익을 종잣돈으로 그는 주식투자를 했다. 그중에서 돈을 가장 많이 버는 자회사는 가이코다.

한국으로 치면 삼성화재 같은 보험회사다. 보험금을 받아서 보상비의 차액을 남기는 사업을 하면서 주식 투자를 한 것이다. 그는 한번 사면 절대 팔지 않는다. 솔직히 절대 안 파는 것은 아니다. 그러나 10년을 보유하지 않을 것이라면 1분도 보유하지 말라는 조언을 할 정도로 장기투자를 했다. 그렇게 버크셔 해서웨이의 주가는 주당 387,000 달러에 달한다. 한국 돈으로 계산하면 한 주에 4억이 넘는다.

　누구나 사람들은 장기투자를 원한다. 그러나 실제로 그렇게 하는 사람은 거의 없다. 제로에 가깝다. 중간에 수익을 내서 팔고, 다른 주식으로 바꾼다. 소위 말하는 단타가 횡횡하는 이유다. 그것이 잘못된 것은 아니다. 그러나 버핏처럼 투자하겠다는 마음가짐이 흔들리는 것은 어쩔 수 없는 현실이기도 하다. 솔직히 나도 그렇다. 나는 다 팔지는 않아도 일정 포지션을 팔아서 수익을 챙기고, 다른 종목으로 산다. 내가 버핏도 아닌데, 내 눈에는 돈이 될만한 주식이 너무 많이 보인다. 물론 그것들이 다 돈이 되는 것은 아니다. 내가 판 종목이 더 올라가기는 경우는 허다하고, 내가 산 종목은 떨어지기 일쑤다. 그렇게 치고받고 얻어터지면서 주식을 하곤 한다. 이런 현실의 벽은 무엇 때문에 생기는 것이며, 이 벽을 허무는 방법은 없을까?

　방법은 결국 버핏 할아버지의 사업 수단에 있다. 그러니까 버핏이 장기투자를 할 수 있었던 근본적인 이유는 자회사의 기업 활동을 통해서 꾸준히 현금을 만들어냈기 때문이다. 그러니까 그는 어떤 주식을 사서 팔지 않으면서도 새로운 주식을 꾸준하게 살 수 있었던 근본적인 배경을 자신의 사업을 통해서 만들어 놓았다. 사람들은 그의 주식투자에 대한 조언만 생각한다. 첫째는 잃지 않는 것, 둘째는 첫 번째 원칙을 지키는 것, 셋째는 장기투자할 것. 그 원칙을 지키는 것은 어렵지 않다. 그러나 그 원칙으로 돈을 버는 것은 또 다른 문제다. 그러니까 내가 더 사고 싶은 종목을 사기 위해서는 또 다른 돈이 있어야 하거나, 보유한 어떤 종목을 팔아야 한다는 현실의 벽에 부딪힐 수밖에 없다. 그래서 사람들은 두 번째 방법을 선택한다. 보유한 어떤 종목을 팔아서 종목을 교체하는 것이다. 장기투자는커녕 단타를 한다는 것이다.

　어쩌면 수익에 목말라 있기 때문일지도 모른다. 그 목마름을 채워줄 보상은 물을 마시는 것이다. 종목을 바꿔서 수익을 맛보고 싶은 달콤한 도전을 감행하는 것이다. 유튜브에는 얼마나 많은 정보가 많은 가. 주식에 관심이 많은 사람이 검색하는 것은 결국 자신의 원하는 편향된 정보일 가능성이 크다. 그렇게 새로운 물을 찾아 떠나게 된다. 아니, 떠날 수밖에 없 다. 그것이 내가 버핏과 다른 투자의 환경이다. 그러 니까 주식만큼이나 본업에서 돈을 많이 벌어서 투자 할 수 있는 돈을 꾸준히 만들 수 있어야 한다. 그래야 그토록 배우고 싶고, 존경하고, 그처럼 살고 싶은 버 핏 키즈가 될 수 있다.

그가 부자가 된 것은 60살이 넘어서면서부터다. 그러니까 그전에는 그의 투자 수익도 크게 빛나지는 않았다. 자신이 정한 투자 원칙에 맞게 꾸준히 투자 했던 것에 불과하다. 뚜벅이처럼 묵묵히 그는 자신만 의 투자 방식을 걸어갔다. 그렇게 투자한 주식들은 꽃을 피우면서 주가가 크게 상승하기 시작한 것이다. 어쩌면 그것은 미국이라는 나라가 전 세계를 지배하 는 시기와 맞물려 있기도 하다. 군사적으로 경쟁하던 소련을 무력화시키고, 기술력으로 도전하는 일본을 무너뜨리면서, 미국이 세계의 패권을 가져갈 수 있었 던 국가적인 성장의 배경이 그 원동력이 되었다. 그 러니까 그는 자신의 생각대로 투자의 인생을 살았으며, 운때도 맞아떨어지면서 그는 세계 최고의 부자가 되었다. 같은 시대를 살았지만, 그처럼 부자가 된 사람은 드물다. 그러나 그와 함께 버크셔 해서웨이 주식을 보유한 사람들은 모두가 버핏처럼 부자가 된 것이다. 똑같은 1달러의 버크셔 해서웨이 주식을 버핏과 함께 가졌을 것이며, 버핏의 수익과 똑같은 수익을 가져갔던 것이다. 그래서 버핏은 혼자만 부자가 된 케이스가 아니다. 그래서 그는 위대한 사람으로 존경받는다. 함께 성장했기 때문이다.

　나도 그렇게 되고 싶다. 당신도 꼭 그렇게 되시라. 주식으로 돈을 벌 생각만큼이나 본업에 충실해서 투자금을 만들어야 한다. 그것이 첫 번째 원칙이다. 두 번째 원칙은 첫 번째 원칙을 지키는 것이며, 세 번째 원칙은 버핏과 같다. 장기투자하는 것이다. 운때가 맞으면 내가 보유한, 당신이 보유한 종목도 언젠가는 꽃을 피우게 될 것이다. 꽃이 필지 아닐지는 모른다. 일종의 가능성에 불과하다. 나는 그 가능성을 믿고 싶을 뿐이다. 동시에 대한민국의 경제가 크게 성장해야 한다. 버핏 할아버지가 살았던 미국이 그러했듯이. 이제 남은 것은 단 하나다. 대한민국의 성장을 믿고 늙어가는 것. 그래야 부자가 된다. 늙으면 누구나 부자가 된다고 나는 생각하는 사람 중에 하나다. 내가 버핏 할아버지에게 배운 것이다.

코로나 1주년

～～～～～

　정확히 1년이 되는 날이다. 3월 19일. 코로나가 증시를 강타했던 날이었다. 주식을 하는 사람들에게는 지울 수 없는 악몽 같은 날이기도 하다. 그날 우리 가족은 제주도에 있었다.

　당시 첫째는 초등학교 입학식도 하지 못한 채 집 밖에 나가지를 못했고, 아내는 아이들 때문에 휴직한 상태였다. 급기야 신천지발 코로나가 시작되었던 대구 옆, 구미에 사는 처형댁 아이들까지 우리 집으로 왔다. 맞벌이였던 처형댁은 아이들을 맡길 곳이 마땅치 않았다. 아이들도 그랬지만 아내 역시 집에만 있는 것을 답답해했다. 그래서 나는 5년마다 주어지는

10일짜리 근속 휴가를 쓰기로 했다. 코로나로 똥값이 된 비행기 티켓과 역시나 똥값이 된 에어비앤비를 통해서 10일의 제주도 여행은 시작되었다.

원래 주식을 잘 보는 편은 아니었지만, 그날 나의 잔고는 5천을 넣어서 6백만 원 마이너스가 되어 있는 상태였다. 시간이 지나면 다 해결되겠지, 코로나는 없어질 거야, 하고 나를 위로하면서도 동시에 금융협회에 가서 신용잔고 추이를 보기도 했다. 바닥의 신호는 거기서 찾아야 한다고 전문가들이 주야장천 떠들었기 때문이다. 그렇게 여행을 계속했던 때가 생각이 난다. 지나고 보면 모두 추억이다. 봄에 제주도를 여행한 것은 처음이었는데, 사계 중에서 봄의 제주도가 가장 좋았다. 아직도 그날의 추억이 선명하다.

여행이 끝날 즈음에 원금은 회복되어 있었고, 돌아와서 조금씩 수익이 불어나기 시작했다. 덕분에 1학기 휴직을 한 아내의 월급은 고스란히 벌 수 있었다. 그것이 코로나에 벌어들인 나의 수익이다. 코로나가 터지면서 나는 인버스를 샀다. 그리고 인버스로 돈을 벌었다. 그런데 아무리 생각해도 불안했다. 분명히 양적완화를 할 테고, 양적완화가 시작되면 나는 깡통이 될 테니까. 금융협회에 들어가면 신용잔고 추이가 나온다. 위기의 반등은 신용잔고가 털리는 날이다. 공식 같은 것이다. 물론 잔고와 추이는 일치하지 않는다. 거래일과 결제일의 차이 때문에 날짜의 괴리가 발생하기 때문이다. 역시나 배운 것을 써먹기에는 불가능한 이론이다. 그렇게 네이버와 현대차를 사고 여행을 떠났다. 결과적으로 타이밍을 맞추지 못했다. 나름 주식에 대해 좀 안다는 알량한 그 마음이 스스로를 무너뜨리게 했다. 아주 크게 무너졌던 것은 아니지만, 돈을 벌고 잃고를 떠나서 맞추고 싶은 개인적인 갈망 앞에서 나 스스로의 무능함을 보았다. 괴로웠다.

정확히 일 년이 되는 오늘, 사람들은 혹시나 작년을 회상하면서, 오늘 하루를 보내고 있지는 않을까. 나는 주식보다도 그날의 제주도가 너무 아름다웠다는 생각이 더 크다. 봄이 되면 다시 갈 수 있을까. 이제 첫째도 공부를 해야 하고, 아내도 학교로 출근을 해서 봄의 제주도 여행은 어려울 것 같다. 코로나가 가져다준 선물 같은 시간이었다. 아이들이 다 커야 비로소 봄의 제주도를 다시 만나지 싶다. 꼭 3월 19일에 맞춰서 갈 생각이다. 코로나도 생각할 겸 해서 말이다.

아무튼, 그때를 생각하면서 다시금 그때 올인하지 않은 것을 생각한다면, 역시나 그건 마켓 타이밍을 잡고자 하는 욕망을 버리지 못하는 것과 같다. 인정해야 한다. 나는 그날을 후회하지 않는다.

***

외환위기는 내가 고등학교 졸업하는 시기에 벌어졌다. 대학생이었던 누나와 타이타닉을 보러 갔던 기억이 있다. 금 팔고, 뭐 팔고…. 나는 잘 모른다. 그때 아버지도 별말씀하지 않으셨다. 원래 말이 별로 없으셨기도 하지만, 그때 아버지도 사업을 접으셨다. 아무튼, 그때 타이타닉은 대박이 났고, 다시 미국으로 넘어간 판권이 어마어마했다고 들었다. 누구는 힘들어서 죽어 나가고, 또 누구는 좋아서 기쁨에 철철 넘치고…. 그랬던 것 같다.

그렇게 리먼이 한번 왔고, 유럽 재정 위기가 왔고, 트럼프가 다시 살려주고, 다시 초대형 악재인 코로나가 왔다. 인생 역전되었는가? 인생 역전은 아니어도 잘 버텼다. 잃은 것은 하나도 없다. 동시에 집값이 올라주어서 역전까지는 아니어도 내 인생에 그 어느 때보다 자산이 증가한 시기는 없었다.

주변을 살펴보니까 역시나 이번 기회에 인생을 역전하신 분은 없다. 나의 동료도, 나의 친척도, 나의 친구도, 아내의 지인들도. 있다면 대한민국은 부동산 공화국이어서 집값이 오른 사람들, 갭 투자한 사람들이 가장 많이 벌어간 것으로 보인다. 역시 대한민국은 부동산이다. 내 주변에는 그렇다. 주식으로 몇천만 원 번 사람들은 상당하다. 하지만 1억 이상은 손에 꼽힐 정도로 드물다. 하나도 부럽지 않다. 코로나에 집값이 그 몇 배는 올랐기 때문이다. 그것이 대한민국에서 개인이 경제적 성장을 누리는 보편적인 방법이 아닌가 생각된다. 외환위기에도, 리먼 때도, 이번 코로나에도 결국 가장 보편적인 투자의 정석은 부동산이었다. 주식은 옵션 같은 것이다. 아주 소수의 자산가는 이번에도 엄청나게 가져갔을 것이다. 그때나 지금이나 그들은 언제나 부자라는 사실이 있을 뿐이다. 그러나 그건 소수의 그들이다. 많이 투자했기 때문에 많이 가져간 것이다. 그러니까 수익률이 중요한 것이 아니다. 평범한 사람이 많이 넣을 수 있나? 없다. 그래서 주식투자는 꾸준히 장기로 가야 투자금이 커진다. 현실적인 한계를 인정해야 한다.

제주도에 봄은 다시 왔을 것이다. 녹산로의 유채꽃은 만발했을 테고, 제주 대학교로 들어가는 길목에는 벚꽃 터널이 완성되어 있겠지.

나에게도 봄이 왔나 싶다. 여전히 먹고 사는 이 지긋지긋한 일상의 반복 속에서, 그나마 학교 가는 것이 재미있다는 첫째에게 고마울 뿐이고, 둘째도 조금씩 자기가 스스로 하는 모습이 대견스러울 뿐이다. 나의 직장은 여전히 건강하고, 자기가 하는 일을 좋아하는 아내에게도 고마울 뿐이다. 주식시장은 여전히 혼란스럽다. 국채 때문인지, 코로나의 재확산 때문인지 정확하지는 않지만, 국채가 다시 뛴다며 코스피 3,050과 2,950 사이에서 줄다리기한다. 줄다리기하든지 말든지 상관없다. 나의 주식 인생에서 마이너스가 되었던 적은 코로나 시기의 딱 일주일뿐이었으니까.

내 주변에 몇몇은 지금의 주식시장에 재미를 느끼지 못하고 코인으로 갔다. 직장의 젊은 후배들은 코인을 정말 많이 한다. 투자금이 크든 작든 그곳에서 돈을 번 이들이 정말 많다. 그래서 빠져나오지를 못한다. 그곳에는 기관도 없고, 공매도도 없고, 외인도 없고, 연기금도 없고, 무엇보다 뉴스가 없어서 좋다고 한다. 오직 돈 놓고 돈 먹는 수급만이 있을 뿐이라고 한다. 나도 소액으로 해 봤는데, 정말 재미있었다. 초심자의 행운처럼 보라로 90% 수익이 났는데, 늘 그렇듯이 초심자는 배팅이 작다. 그렇게 돈을 키워서 세타퓨엘로 갔는데 이 녀석도 30%가 넘어갔다. 너무 두려워서 팔았더니, 100%까지 펌핑을 하고 있었다. 내가 팔면 오른다. 그렇게 안 팔고 가지고 있으면 떨어진다. 그게 주식이고 코인이지 않나 싶다. 재미있는 세상이다. 부동산은 거래가 안 될 뿐 떨어지진 않는다. 역시나 재미있는 세상이다.

다시 봄이 왔다. 당신에게도 봄이 왔으면 좋겠다. 그리고 이 좋은 봄을 만끽하셨으면 한다.

오늘은 쉬는 날이어서 이발을 했다. 마스크를 끼고 이발을 했는데, 머리를 감으면서 보니까 마스크 안에 머리카락이 있었다. 아니. 이거 미세먼지도 잡아준다는 건데. 문득 거짓말 같은 생각이 들었다. 나도 모르게 웃음이 나왔다. 실소며, 썩소였다. 어쩌면 주식시장도 그렇지 않을까. '좋다~~ 좋다~~ 걱정하지 말라'고 하는 전문가들의 조언이 이제는 지겹기도 하고, 잔소리처럼 들리기도 한다. 그래서 나는 보질 않는다. 또다시 앵무새처럼 똑같은 이야기들을 반복할 테니까.

그래도 남의 밥그릇은 차면 안 된다. 그들에게는 주식이 밥이기 때문이다. 그게 없으면 먹고살 게 없을 것이다. 내 밥그릇이 소중하듯이 그들의 밥그릇에 찬가를 불러줄 뿐이다.

마켓 타이밍을 잡지 말라는 조언은 언제나 옳다. 주식으로 하면 부자 된다는 것도 다 맞는 이야기가 아니고, 주식 안 하면 벼락 거지 된다는 이야기도 반은 맞고 반은 틀린 것이다. 코로나 1주년을 맞이하는 이 시점에 마켓 타이밍을 잡지 말라는 조언을 마음에 새겨본다. 1년 전 그날 잡지도 못한 타이밍을 앞으로도 잡지 못할 테니까. 그거 잡지 못해도 돈은 벌었다. 그러니까 뚜벅이처럼 자신의 투자길을 조용히 걸어가면 된다. 홀로 등산을 하듯이 말이다. 괜히 유튜브 보고, 다트 들어가서 이해도 못 하는 보고서 읽을 필요도 없다. 본업에 충실해서 꾸준히 현금을 만들고, 월급은 아내에게 다 주고, 알뜰하게 절약해서 살다가 남는 돈이 있으면 그걸로 꾸준히 주식을 사면 된다. 올인할 돈이 있으면 땡 큐고, 없으면 돈이 생길 때마다 분할매수하면 된다. 로또에 당첨돼서 자살하는 사람은 있어도, 연금복권에 당첨돼서 가난해지는 사람은 보질 못했다. 그러니까 꾸준히 현금을 만들어야 한다. 그래야 물을 타든, 불을 타든 할 테니까.

따뜻한 이 봄을 만끽하시기를 바란다. 코로나 1주년 잘 버텼다. 자신에게 수고했다며 위로와 박수를 건넨 하루다.

그것은 행복한 투자일까?

(feat. 20대의 사회 초년생들을 위해)

아내의 후배 중에 미혼인 처자가 있다. 우리 집에도 자주 놀러 와서 친하다. 코로나 때문이라고는 하지만 여하튼 사람을 만나기 힘든 시기에 서른이 훌쩍 넘어가고 있다. 결혼에 대한 고민이 깊어짐과 동시에 그것이 해결되지 않으니 스스로 살아갈 방법을 찾는 것으로 보였다. 그렇게 퇴근하는 아내는 후배와 집을 보고 왔다. 일산에서 학교 선생님을 하는 후배는 파주에 공무원 아파트 분양 공고가 나왔다면서 그 집을 보러 갔다. 정확한 금액은 알 수 없지만, 보증금에 매달 몇십만 원을 내면서 20년을 살 수 있는 공공형 임대주택이다. 20년 후에 집값이 오르면 그 집을 살 수 있는 옵션을 준다고 했다. 그렇게 전세로 사는 지금의 집에서 새로운 아파트로 이사를 하는 것이 좋을지를 묻고 있었다. 한 치 앞을 알 수 없는 유한한 인간이 어찌 미래에 대해 알 수 있을까. 분명한 것이 있다면, 불안한 미래를 보장해 줄 수 있는 것은 대한민국에서는 부동산 이외에는 없다는 대다수 사람의 인식만 있을 뿐이다.

동시에 집 근처에 상당히 괜찮은 조합원 분양을 하는 아파트가 예정되어 있다. 나는 그 아파트를 사보는 것이 어떻겠냐며 제안을 했다. 아직 분양가가 공개된 것은 아니고, 미분양된 조합원 권리를 사는 것이다. 집 근처여서 아파트가 들어설 자리에는 포크레인이 땅을 파고 있고, 동시에 그 조합원 중에는 아내의 학교 동료도 있다. 그러니까 사기 같은 분양 정보는 아니다.

문제는 돈이다. 분양가가 아무리 낮아도 6억은 넘을 것인데, 그 돈을 어떻게 마련하느냐. 그것이 젊은 사람들이 가진 한계다. 아무리 좋은 정보가 있다손 치더라도, 그 정보를 투자의 수익으로 연결할 수는 없다. 돈이 없기 때문입니다. 이제 사회생활을 시작한 사람이 가질 수밖에 없는 비극이다.

나의 직장 후배도 비슷한 사례가 있다. 그런데 그는 이 문제를 해결했다. 어떻게? 그도 아파트 분양에 당첨이 되어 계약금인 8천만 원을 부모님 찬스로 돌렸다. 지금 그 아파트는 프리미엄만 3억이다. 후배가 노력해도 돈을 번 것이 아니지 않는가. 대한민국의 부동산은 그렇게 있는 사람들을 더 있게 만들어 준다. 그리고 가난한 사람들에게는 상대적으로 더 가난하게 만들어 주는 신기한 현상들이 일어난다. 문제는 이런 현상들이 너무 많다는 것이다. 그렇게 코로나 이후에 사람들은 누구나 노동보다는 자산시장에 기대어 한몫을 챙겨보려는 사람들로 가득하다.

　　나는 아내에게 "방법이 없다. 부모님에게 계약금만 어떻게 해결하는 수밖에는 대안이 없다"고 말했다. 다른 대안이 있다면 "네가 빌려주면 어때? 그리고 아파트 프리미엄을 조금 나눠 가져?"라고 했다. 그것이 후배를 살리는 가장 현명한 선택일지도 모른다는 생각이 들었다. 아무리 찾아봐도 다른 대안이 없었다. 파주까지 가서 20년을 기다려서 나이가 50살이 넘어서야 부동산으로 돈을 벌 수 있다면, 그것은 행복한 투자일까? 논두렁에 아파트 하나가 덩그러니 서있는 그곳에서 20년을 살란 말인가? 학교에서 파주까지는 얼마나 먼가? 차도 없지 않은가? 무엇보다 20년이 지나서 파주 집값이 오른다는 보장은 어디에 있는가?

어느 순간부터, 젊은 후배들의 주식투자가 후끈하다. 아무리 주식투자를 잘해도 투자금이 작은 사람이 주식시장에서 돈을 버는 방법은 단타를 겁나게 잘하는 수밖에는 없다. 우량주니, 장기투자니, 가치투자니, 이런 투자 방법은 투자금이 커서 안정적으로 투자를 지속하는 사람들에게나 어울리는 투자방식이다. 무엇보다도 젊은 후배가 주식투자를 장기적으로 평생 같이할 수는 없다. 결혼은 하지 않을 것인가? 결혼할 때 돈은 엄청나게 많이 필요하다. 그 대부분은 집값으로 나간다. 그러니까 장기투자를 할 수 있는 처지가 못 된다. 아내의 직장 후배처럼 부모님 찬스를 쓸 수 없는 젊은이들에게는 더욱 그렇다. 그래서 결혼할 시기에 맞춘 중기적인 투자가 필요하다.

나 역시 결혼하기 전에 월급으로 주식을 샀다. 중간에 전세를 끼고 집을 사기도 했다. 소위 말하는 갭투자를 했다. 그렇게 돈을 불려 나갔다. 그리고 신혼집 잔금을 치르기 위해 2011년 4월 말에 매도하였고, 그 이후 6월부터 유럽재정 위기가 오면서 주식시장은 박살이 났다. 아마도 그때 결혼을 하지 않았다면 나의 투자금도 대부분은 반 토막이 나 있었을 것이다. 그게 주식투자의 한 단면이기도 하다.

그만큼 젊은 분들에게 주식투자의 목적은 장기적이라기보다는 결혼 자금을 마련하기 위한 하나의 교두보가 되어야 한다고 나는 생각한다. 결혼하고 주식을 하지 않아도 된다. 나 역시 그랬다. 그러나 가난해지지 않았다. 집값이 올라주었기 때문이다. 그러니까 꼭 주식을 해야 한다고 생각할 필요는 없다. 어디까지나 나의 긴 인생의 어떤 부분에서 필요한 자금을 계획하기 위한 수단이 되면 좋다. 졸업하면 결혼하고, 결혼하면 아이가 생기고, 아이가 생기면 키워야하고, 그렇게 어떤 인생의 흐름 속에 내가 있다. 물론꼭 그렇게 살 필요는 없다. 꼭 대학가야 하는 것도 아니고, 꼭 결혼해야 하는 것도 아니다. 그래서 결혼을안 하는 시대가 되었는지도 모르겠다. 그만큼 젊은이들은 경제적으로 힘들다. 그들에게 주식투자가 저마다 서로 다른 목적에 가까워질 기회가 되기를 바랄뿐이다.

나 같은 중년의 주식투자

무조건 집이 있어야 한다고 생각하는 사람이다. 아이가 하나라면 조금 작아도 되겠지만, 둘 이상이 되면 작은 집은 정말 힘들다. 결혼하기 전, 나 역시 20평대의 복도식 아파트에서 살았다. 집이 좁다 보니 공부를 하기 힘들었다. 아버지는 늘 뉴스를 보셨는데, 그 소리에 나는 집중을 할 수 없었다. 자연스럽게 독서실로 갔다. 쓰지 않아도 될 돈이 독서실 주인에게 갔던 것이다. 독서실에 왔다 갔다 하면서 쏟아부은 시간 역시 아깝다. 우리 집은 왜 가난할까? 그런 생각이 자주 들곤 했다. 아무튼 답답했다.

지금의 집에 살기 전에 나는 33평 아파트에 살

았다. 옆집에 중학생이 있었고, 엘리베이터에서 종종 만나면서 친해졌다. 앞집 부모님들과도 사이가 좋았다. 어느 날, 주차장에서 앞집 학생을 만났는데 학생이 이렇게 말했다. "우와! 아저씨 차 정말 좋네요." 그 이야기를 듣는 순간 내가 어렸을 때 했던 어떤 생각이 떠올랐다. '우리 집은 왜 가난할까?' 그러니까 아이들도 다 안다. 자기 집과 친구의 집을 비교하고, 부모님의 자동차를 비교하고, 입고 다니는 옷을 비교하며, 신발을 비교한다. 어쩌면 세상 모든 것들이 비교의 대상일 수도 있다.

어떻게 살아야 할까? 그렇다. 집이 있어야 한다. 내 가족들이 따뜻하게 살아갈 수 있는 공간, 퇴근해서는 조용하게 휴식을 취할 수 있어야 하며, 방과 후에 자녀들은 조용하게 공부할 수 있어야 한다. 그러기 위해서는 넉넉하면 좋다. 넉넉하지 않으면 조금씩 서로에게 피해를 주지 않기 위한 노력을 조금 더 하면 된다. 부족하든 넉넉하든 집이 있어야 한다고 생각하는 이유다. 주식투자로 돈을 번다는 것도 좋지만, 주식투자를 하기 이전에 내가 편안하게 거주할 수 있는 집을 갖추는 것이 우선이 되어야 한다. 나는 그렇게 생각하는 사람이다. 그러니까 아직 집이 없는 사람은 어떻게 해서든 집을 사야 한다. 그러면 주식 투자로 돈을 버는 것만큼은 소유한 부동산으로 돈을 벌 수 있다. 지금까지 대한민국은 그렇게 흘러왔다. 부동산 불패 신화가 깨지지 않은 근거다.

중년의 주식투자는 여기부터 시작된다. 내가 다니는 회사의 본사는 광화문에 있다. 그곳은 늘 시끄러운 곳이다. 코로나로 인해서 집회가 줄어들긴 했지만, 그곳에서 나는 태극기 부대원들을 한반도 빠지지 않고 봤다. 주말이 되면 거리를 가득 메울 정도가 된다. 그들의 주장은 한결같다. 임금을 비판하면서 대한민국을 지키고 싶다는 것이다. 누구나 안다. 그들은 지금의 정권과 반대에 입장을 가진 사람들이라는 것을. 그러니까 그들은 지금의 정권이 어떤 정책을 잘하든 못하든 상관이 없을지도 모른다. 그냥 싫은 거다. 나도, 그 집회를 바라보는 사람들도, 하물며 집회에 있는 분들 자신도 인정하는 바일지 모른다.

나는 궁금했다. 그분들은 나의 어머니 아버지 같은 분들이시다. 전쟁통에 태어나서 고생이란 고생은 다 했을 것이며, 한강의 기적을 만드시느라 젊음을 노동으로 보냈을 것이다. 우리 어머니도 배움을 멈추고 동생들을 위해 노동을 하셨고, 아버지 역시 지방에서 먹을 것을 찾아 상경하신 분이시다. 그렇게 한 시대를 풍미했던 분들인데, 그들은 왜 가난할까? 대한민국의 노년층은 그 어느 나라보다 가난하다. 시대가 이렇게 살기 편하고 좋은 세상이 되었는데, 그들은 왜 가난할까? 나는 궁금했다.

더 궁금한 것은 그들이 지지하는 정권의 우두머리들은 부자가 아닌가. 지금은 그들이 과거에 했던 비리들로 인해 감옥에 있을 정도로 말이다. 어찌 되었건 그들은 부자다. 그냥 부자가 아니라 상상을 초월할 정도로 부자다. 그런데 그들을 지지하는 사람들은 경제적으로 너무 가난하다. 이념적으로만 그들을 신봉하는 눈뜬장님처럼 보인다. 이념이 밥을 먹여주지 않는다. 밥은 실용에 있다. 내 삶을 바꿔주지 못하는 정치를 지지하는 유권자를 나는 이해하기 힘들다. 무엇보다 대한민국의 성장을 위해 고생하신 어르신들의 노후를 볼 때마다 답답해진다.

누가 이런 현실을 바꿔줄 수 있을까? 다른 정권이 들어서면 가능할까? 모르겠다. 시간이 지나고 보니, 그 나물에 그 밥이라는 표현처럼 누가 해도 다르지 않았다. 자기 밥그릇은 자기 스스로가 챙겨야 하는 시대다. 그렇게 나도 나의 부모님처럼, 저 광장에 모인 어르신들처럼, 나이 들지는 않을까. 불현듯 두려웠다. 나 역시 그분들과 뭐 대단한 차이가 있는 사람인가. 나 역시 평범한 직장인의 한 사람일 뿐이며, 지금의 직장에서 잘리면 어디 가서 지금처럼 밥벌이를 할 수 있겠는가. 아이는 커갔고, 커가는 아이를 위해서는 아이를 대하는 정성과 사랑만큼이나 경제적인 뒷받침이 되어야 한다는 생각이 커갔다. 어렸을 때는 영유아 검진에서 몸무게와 키가 또래의 친구들과 엇비슷하면 다행이라고 생각했다. 그런데 아이가 크면 다르다. 이제는 학업의 성취를 비교하게 된다. 내 자식의 소중함을 그렇게 느낄 수 있었다. 어떻게 경제적인 뒷받침을 준비해야 할까?

그렇게 대한민국의 부모님들은 자신의 미래를 준비하지 못했다. 자식들 키우느라 번 돈을 다 쓰셨다. 정확하게 말하면 사교육에 너무 큰 돈을 들여서 구멍이 난 것이기도 하다. 공교육이 무너진 현실에서 내 소중한 자식을 멍청이로 만들 수는 없지 않은가? 학교도 방치하는 현실에서 부모인 나까지 방치할 수는 없지 않은가. 그렇게 사교육으로 부모님들은 노후를 준비하지 못했다. 직장 역시 안전하지 못했다. 외환위기에 직장을 떠나야 했고, 리먼 사태 이후에도 구조조정이 있었다. 우리 회사도 구조조정이 있었기 때문에 내가 잘 안다. 지금도 제대로 된 일자리는 점점 사라지고 있다.

어떻게 아이를 키우고, 또 어떻게 나의 노후를 준비할 것인가? 이 문제를 지금의 중년은 진지하게 고민해봐야 한다. 로또에 당첨되지 않는 이상, 아무도 당신의 미래를 준비해주지 않기 때문이다. 오직 나 스스로만이 나를 구원해 줄 뿐이다.

***

나는 주식이 정말 좋은 대안이라고 생각한다. 이미 집이 있는 상황이기 때문에 이제는 큰돈이 들어갈 곳이 없다. 월급을 매달 들어오기 때문에, 생활하고 남는 돈이 크든 작든 남게 된다. 주식투자가 좋은 이유는 소액으로 가능한 재테크이기 때문이다. 지금 가지고 있는 돈이 많다면 좋겠지만, 없어도 가능하므로 주식투자는 좋은 대안이 될 수 있다.

부동산은 조금 달라서 주식보다는 약간의 목돈

이 필요하다. 물론, 세입자가 집값의 80% 이상을 부담하기 때문에 갭투자는 좋은 대상이 될 수 있다. 분양을 받아서 프리미엄을 받는 것 역시 좋은 방법이다. 실제로 그렇게 부자가 된 사람들이 많다. 주식만큼이나 부동산에 관심이 있는 사람은 비등비등하다. 그 정도로 대한민국은 전 국토의 투기 열풍이라고 해도 과언이 아니다. 주말마다 부동산 투자 대상을 찾아다니는 임장이 행렬을 이룬다. 뭘 해도 상관없다. 나의 노후에 경제적 풍요만 가져다준다면 말이다. 그래서 내 주변에는 주식으로 노후를 준비하는 사람도 있고, 부동산으로 은퇴 전에 자산을 불리려는 이들도 많다.

사회생활을 시작한 사람이 집을 사기 위한 투자가 재테크의 시작이라면, 이미 그것을 일군 사람에게는 주식투자가 노후를 준비하는 처지에서 접근하는 것이 좋다. 내가 주식투자를 하는 이유이다.

다양한 투자 자산 중에서 주식이 가장 위험한 것은 맞다. 최근에 비트코인이 생겼기 때문에 가장 위험하다는 표현은 빼야겠지만 주식을 핫머니라 부르는 이유는 그만큼 위험하기 때문이다. 그러나 전문가들은 시간이 지나면 그 위험은 사라진다고 말한다.

통화 화폐량이 증가하고, 경제가 지속해서 성장하기 때문에 그것이 주가에 반영된다. 그래서 주식투자는 장기적인 관점에서 가장 안전하다. 주식시장을 가깝게 보면 비극이지만, 멀리서 바라보면 언제나 희극으로 끝나는 이유이다. 그 누구도 미래가 어떤 세상일지는 모른다. 분명한 것이 있다면 그 미래는 기업이 만든다는 것이며, 그것을 만든 기업과 함께 가는 투자자는 성공한다는 것이다. 돈을 벌 수 있다는 뜻이다.

주식투자를 결정했다면, 좋은 종목을 선택해야 한다. 주식투자는 결국 어떤 종목에서 결정되기 때문이다. 어떤 종목이 좋을까? 성장해야 한다는 모호한 표현만으로는 부족하다. 영업이익률이 좋은 회사여야 하며, 자본 수익률이 높아야 한다. 돈이 일하게 만드는 회사가 좋은 회사이다. 거기에 덧붙여 업무능력이 길어서 지금까지 걸어온 기업의 역사를 돌아볼 수 있으면 더 좋겠다. 대한민국에 그런 기업은 많지 않다. 삼성전자, 현대차, 네이버, SK텔레콤 같은 회사들이다.

주식에 관해 이야기를 하다 보면 사람마다 좋아

하는 종목이 서로 다르다. 그리고 그들의 서로 다른 이야기들은 끝내 일치하지 못한다. 내 것이 최고다, 네 것이 최고다, 그건 아닌데 등등. 마치 철길의 레일처럼 그들의 견해는 끝내 일치하지 못했다. 어떤 종목이 좋은지는 명확하지 않다. 그러니까 종목을 나눠 사면 된다. 분산하라는 뜻이다. 거기에 덧붙여서 매달 월급을 받을 테고, 그 월급에서 생활비를 쓰고 남는 돈을 꾸준히 분할매수하면 된다. 그렇게 내가 은퇴를 할 시점까지 장기투자를 하면 된다. 처음에는 투자금이 크지 않겠지만, 시간이 지나면서 투자금은 커질 수밖에 없다.

그 과정 중에 주가가 떨어져서 속상할 수도 있고, 주가가 많이 올라서 미처 많이 보유하지 못한 것을 후회할 수도 있다. 어쩔 수 없는 일들이다. 그것은 결과론적이기 때문이다. 지금 투자하는 매 순간마다 좋은 선택을 위해 최선을 다하면 된다. 나머지는 운에 맡길 수밖에는 없다. 코로나가 올지 누가 알았는가? 동시에 코로나가 자산을 이렇게 키워줄지 누가 알았겠는가? 그렇게 미래의 결과들을 어떻게 예측할 수 있겠는가? 없다. 그 어떤 전문가도 미래를 먼저 다녀온 사람은 없다. 확실한 것이 있다면, 노동으로 매달 월급이 들어온다는 것과 생활비를 쓰고 남는 돈이 있다면 그것을 어떻게 투자할 것이냐만 남은 문제다.

은행에 적금을 넣을 수도 있다. 주식을 하는 사람들을 빗대어 주식쟁이라고 부르곤 하는데, 그들 눈에는 적금은 돈을 까먹는 것과 다르지 않다고 한다. 그러나 그 말도 반은 맞고 반은 틀리다. 실제로 주식을 해보면 쉽지 않기 때문에 대부분 사람은 돈을 잃는다. 그리고 잃은 것을 만회하기 위한 주식투자를 한다. 시작할 때는 분산투자, 분할매수, 장기투자의 원칙을 지키지만, 그것을 행동으로 길게 이어가는 사람을 나는 한 명도 보질 못했다. 그렇게 돈을 잃는 사람이 태반이다. 그러니 적금은 얼마나 안전한 것인가. 나는 적금도 하나의 투자라고 생각하는 사람이다. 잘은 몰라도 우리 어머니는 주식의 '주'자도 모른다. 그러나 지금까지 잘 살고 계신다. 앞으로도 그럴 것이다. 그러니까 너무 주식에 목을 메일 필요는 없다. 그러나 한 번쯤 내 인생에 조금 더 큰 수익을 만들고 싶은 사람이 있다면, 나는 주식을 추천한다. 이보다 더 좋은 대안은 없다. 우리가 자본주의에서 벗어난 삶을 살고 있지 않다면 말이다. 예를 들어, 북한에 살거나, 유럽에 산다면 하지 않아도 된다. 그러나 그 이외에 모든 나라의 사람들은 그렇지 않다. 자기 스스로 자기 밥그릇은 챙겨야 하고, 노동으로 만들어지는 밥그릇이 사라지기 전에 경제적으로 준비된 노후를 맞이해야 한다. 그래야 노후가 편하다. **그래서 나 같은 중년에게 주식투자는 필수다. 달리 뾰족한 대안이 없기 때문이다.**

은퇴를 생각하며

공부할 때에는 취업이 걱정이었고, 취업이 되니 연애가 걱정이었고, 연애가 되니 결혼이 걱정, 결혼이 되니 육아가 걱정, 육아가 되니 아이들 공부가 걱정. 걱정! 걱정! 걱정! 이 끝없는 걱정 끝에 문득 은퇴 후의 삶인 노후가 걱정되었다. 마흔이 조금 넘어선 시점에 이런 생각이 들었다. 그러니까 어느 정도의 걱정들은 사라진 시점이기도 했다. 정확하게는 이제 아이들만 잘 키우면 된다는 생각이 들기 시작한 시점이었던 것 같다. 직장에서도 어느 정도 직급이 되니까 편해졌다. 후배들이 들어오면서 나의 일도 조금은 줄어들었다. 그렇게 노후에 대한 걱정이 들었다.

나는 걱정만 하면서 지내는 스타일은 아니다. 그래서 인터넷에서 노후 준비라는 것을 찾아보기 시작했다. 어떻게 은퇴해서 노후를 보내면 될까?

대부분 공통된 이야기들을 하고 있었다. 매달 300만 원 정도의 현금을 만들 수 있다면 괜찮은 노후를 보낼 수 있다고 한 것이다. 더 많으면 좋고! 그래서 계산해보기 시작했다.

국민연금에서 170만 원 정도는 나올 것으로 예상되고, 개인연금에서 40만 원, 그리고 정확한 계산은 아니지만 2억은 넘게 퇴직금을 받을 수 있다는 계산이 되었다. 그러니까 최소 2억을 배당주에 넣어서 4% 정도의 소득을 만들면 배당소득세를 빼고 60만 원 정도가 나올 것 같았다. 그러니까 270만 원 정도의 현금을 만들 수 있다는 결론에 도달했다. 약간 부족하지만 그래도 이 정도면 괜찮겠다고 생각했다. 부족하면 2억의 원금에서 30만 원씩 빼면 되니까. 노후를 걱정하지 않게 되었다. 숫자로 계산을 해보니까 나오는 결론이었다.

더욱이 아내는 선생님인 교직 공무원이다. 얼마의 연금이 나올지 물어보지는 않았지만 적어도 300만 원 이상은 나오지 않을까 하는 생각이 든다. 그러니까 우리 부부가 받을 수 있는 연금액은 600만 원 이상이다. 이 정도라면 부족하지 않다.

주식투자의 목적은 저마다 다르다. 미혼인 분들은 결혼자금을 위한 목적이면 좋다. 결혼은 공짜로 하는 것이 아니기 때문이다. 정말 많은 돈이 필요하다. 그러니까 장기투자가 쉽지 않다. 결혼을 위해서 돈을 빼야 할 수밖에 없다. 현실이 그렇다.

기혼인 분에게 투자의 시간은 넉넉하다. 그래서 투자하기에 참 좋다. 결혼을 하면서 돈이 없을 테고, 아이들 키우느라 월급에서 남는 돈은 부족할 것이다. 없으면 없는 대로, 남으면 남는 대로, 꾸준히 투자를 지속하면 된다. 그것이 노후를 준비하는 주된 목적이다. 꼭 주식을 하지 않아도 된다. 나처럼 계산해보고, 부족하지 않다면 굳이 할 이유가 없다. 취미를 위해 과감하게 지출해도 좋고, 또 무언가를 위해서 소비를 하면 어떤가. 내가 열심히 벌어서 소비하는 자유를 그 누구도 막아서는 안 된다. 좋아하는 가방이 있다면 사야 한다. 여행을 떠나고 싶다면 당장이라도 비행기 티켓을 끊어야 한다. 그것을 망설일 이유가 없다. 맛있는 음식이 있다면 당연히 먹어야 한다. 커피도 마시지 말고, 자동차도 사지 말고, 오직 주식에 투자해야 한다는 어떤 전문가의 이야기를 나는 좋아하지 않는다. 돈의 노예도 아니고, 쓰지도 못할 돈을 모아봐야 그건 종이에 지나지 않는다. 다 쓰고 가는 인생을 나는 원한다. 그러나 나이가 다 들어서 다시는 노동으로 수입을 만들지 못하기 전에 한 번쯤은 계산을 해봐야 한다. 그래야 내가 지금 돈을 모아야 하는 사람인지? 돈을 써도 되는 사람인지? 늘 구분할 수 있다. 돈은 시간이 만들어주는 것이다. 그것이 투자다. 가난한 나의 노후를 만나고 싶지는 않다.

정년퇴직하는 선배가 물어본 것

정년퇴직하는 선배가 있었다. 마지막으로 떠나면서 선배는 후배들에게 이렇게 말씀하셨다.

"여러분들 덕분에 직장 생활을 잘 마칠 수 있었습니다. 고맙습니다. 우리 후배들은 저처럼 정년을 맞이하지 마시고, 정년 후에 어떤 삶을 살지 고민해보았으면 좋겠어요. 다시 한번, 고맙습니다."

그동안 정년을 맞이하면서 조직을 떠난 선배들의 멘트와 다르지 않았다. 고마웠고 뭔가를 준비하

라. 정년으로 무사히 직장 생활을 마친 것만으로도 대단하고, 그 사이에 잘리지 않고 일할 수 있음에 감사할 뿐만 아니라, 아이들 잘 키운 것만으로도 대단하다고 나는 생각한다. 그런데 그 이후에 또 무언가를 준비하라고 조언해주신다. 아니, 두 달 전에 나간 선배도 그렇게 후배들에게 준비하라고 조언을 했건만, 이번에 떠나는 선배는 도대체 그 선배의 이야기를 어디로 흘려듣고는 남아있는 후배들에게 준비하라고 하는지. 이해할 수 없었지만, 그것은 지극히 현실적인 조언이었다. 그러니까 정년으로 조직을 떠난다고 경제적인 노후가 마련되는 것은 아니다. 언제까지 일해야 할지 모르는 작금의 현실을 바라보게 될 뿐이다. 노동의 해방은 과연 가능할까.

선배는 이야기를 마치고 한 명씩 악수했다. 그리고 떠났다. 떠나면서 선배는 나에게 이야기하셨다.

"학호야, 좋은 종목 있으면 톡해라. 그동안 고마웠다."

선배의 이야기에 우리는 한참을 웃었다. 끝이 없구나. 직장을 다니면서 그렇게 주식 이야기를 하더니, 끝나는 순간까지 주식 이야기로 마무리를 하다니. 대단하시다.

얼마가 있어야 노후가 든든한지는 알 수 없다. 잘은 몰라도 우리 부모님은 주식을 하지 않으신다. 그래도 잘 사신다. 여전히 아버지는 빌딩에서 경비 일을 하시지만, 그렇게라도 수입이 있어야 생계를 유지할 수 있는 것이 대부분의 삶이 아니던가. 그렇게 살면 된다.

그러나 노동에서 해방되고 싶으면 준비해야 한다. 선배가 조언해주었던 것은 결국 불로소득을 마련하라는 것이다. 떠난 선배들을 돌아보니, 그래도 그런 준비가 잘 되어 있는 분들은 상가를 임대해서 월세를 꾸준히 받을 수 있는 선배들이었다. 그 임차인은 열심히 노동할 것이고, 그 노동의 일부는 임대인인 선배의 노후 자금으로 쓰이는 것이다. 이것이 현실에서 말하는 노후 준비의 대표적인 성공 사례다. 주식으로 치면, 배당소득을 꾸준히 받을 수 있는 종목에 투자하는 것이다. 직장을 다니면서 배당소득을 연봉처럼 받기 위해서는 최소 10억 이상이 필요하다. 고배당 주식에 투자해서 배당소득세를 제외하고 연봉처럼 받기 위해서는 그 정도의 투자금이 필요한데,

그것이 어찌 가능한가. 불가능하다. 그러니까 직장을 다니면서 꾸준히 사 모으는 수밖에는 없다. 이왕이면 빨리 시작하는 것이 좋고, 시작한 투자는 뚜벅이처럼 꾸준하게 모아서 정년을 맞이하면 좋겠다. 그것이 선배가 말하는 준비된 퇴직이다. 지금쯤 선배는 어떻게 살고 계실까? 아마도 소비를 줄였을 것이며, 출근하지 않아도 되는 여유 시간에 소일거리라도 하고 계실 것이다. 퇴직하셨지만, 은퇴하기에는 너무 젊다. 그만큼 우리네 삶은 전혀 짧지 않다. 그래서 준비해야 한다. 내가 주식을 하는 이유다.

5년 만에 연락한 부산 아저씨의 근황

오랜만에 부산 아저씨에게 전화를 걸었다. 어떻게 지내는지 궁금했다. 월세가 높아서 조금 싼 곳으로 피시방을 옮겼다고 했다. 그리고 주식은 하지 않는다고 하셨다. 그 사이에 부동산을 공부해서 많이 벌었다고 했다. 머리털 나고 공부는 처음 해본 것이라며 웃으셨다. 부산에 한번 내려오실 생각이 없으시냐고 물으셨다. 거나하게 식사라도 대접하고 싶으셨다고 하셨다. 태어나서 이런 인연이 있다는 것이 신기하다.

서울에서 부산까지 가는 길은 여러 갈래다. 경부선을 타든지, 중부내륙을 타든지, 그건 마음대로다.

뭐로 가도 가기만 하면 그만이 아닌가. 투자도 그렇다. 꼭 주식을 해야 하는 것은 아니다. 소위 말하는 주식쟁이들은 주식이 돈을 버는 최고의 수단이라고 주장한다. 그러나 그건 착각이다. 주식 카페가 많은 것처럼 부동산과 관련된 카페는 그만큼 많다. 대한민국을 부동산 공화국이라고 부르는 이유가 아니겠는가. 그분도 주식은 매일 쳐다봐야 하는데, 부동산은 그렇지 않아서 좋다고 하셨다.

캡틴 K는 어떻게 되었는지 물었다. 나는 정말로 궁금했다. 회원비로만 매달 1천만 원 이상을 가져가는 그가 너무나 부러웠기 때문이다. 매달 1천만 원 이상이 주식투자와는 별개로 들어오는 현실에서 나라면 카페 운영에 열과 성을 다했을 것이다. 몇 꼭지의 글을 올리면 회원들이 알아서 매달 1천만 원을 통장으로 입금해주는데 그깟 글 몇 자 적는 것은 어렵지 않기 때문이다. 돈을 벌기 위해서라도 써야 한다. 캡틴 K는 어떻게 되었을까?

그는 없었다. 브런치 앱에서 대상을 타고, 책을 내고, 카페를 만들고, 매달 1천만 원을 가져가는 주식 천재가 없어졌다. 나는 너무 궁금했다. 더 자세하게 물어보았다. 카페가 폐쇄된 것에 대한 명확한 이유는 없었다고 했다. 주식시장이 활성화되기 위해서는 단순히 기업의 성장만으로는 불가능하다. 유동성과 같은 정책이 따라주어야 한다. 그런데 대통령이 바뀌면서 그는 비판하기 시작했다고 했다. 그가 말해주는 경제와 투자에 관한 이야기는 좋았지만, 그것이 주식투자의 수익으로 연결되지는 않았다고 했다. 그가 알려주는 종목은 상승하지 않았고, 사람들은 답답해했다고 했다. 여전히 그들은 KODEX 증권 주식에서 손해를 보고 있었고, 9천 원의 평단인 그들에게 캡틴은 5만 원까지 갈 주식이라고 했다고 아저씨는 말했다. 나도 주식투자를 하는 입장에서 그건 거짓말이라고 생각이 들었다. 새빨간 거짓말로도 그 가격까지 상승하는 것은 불가능하다. 그렇게 카페는 폐쇄되었다고 말해주었다.

　나는 많이 놀랐다. 매달 1천만 원을 버릴 정도로 어떤 특별한 사연이 있지는 않았을까. 죽은 자가 말이 없듯이, 살아남은 자들의 슬픔만 가득할 뿐이다. 그는 죽지 않았다고 나는 확신한다. 어디선가 밥벌이를 위해서는 노동을 하든 주식을 하든 할 것이다. 그리고 그의 글발은 너무나 좋다. 그렇게 그는 떠났다. 부산 아저씨의 사투리 섞인 이야기가 잊히지 않는다.

"지가 예~ 네이버 토론방에 가끔 가는데예~ 캡틴 욕하고 있는 사람이 아직도 있습니데 이~."

그는 어디 갔을까?

또 다른 고수를 찾아서

나도 가끔 인터넷으로 검색을 한다. 메타버스가 무엇인지 몰라서 검색하고, 노스볼트가 무엇인지 몰라서 검색한다. 인터넷의 바다에는 없는 게 없다. 모든 정보가 다 있다. 그렇게 링크를 타고 두 개의 블로그에 이웃을 맺었다.

하나는 'po'로 시작하는 블로거다. 이분은 주식 천재에 가깝다. 모르는 종목이 없다. 세상 모든 기업의 사업에 대해서 다 안다. 그가 블로그를 하는 이유가 무엇인지는 명확하게 모르지만, 그의 포스팅은 그가 만든 카페와 연결된다. 역시나 링크를 타고 들어갔다. 그러니 매월 5만 원의 유료 회비가 있었다. 회비를 내면 뭔가 특별한 서비스를 주는 것 같았다. 당연히 내가 회비를 낼 리가 없다. 제목만 읽어도 그가 무슨 이야기를 하는지 알 수 있기 때문이다. 더욱이 그는 항상 자신의 블로그에 그럴싸한 포스팅을 한다. 그 포스팅은 카페로 초대하기 위한 유인책이다. 블로그의 포스팅이 어설프면 사람들은 카페로 가지 않는다. 그래서 그의 블로그 포스팅은 항상 정성스럽다. 그러니까 블로그 포스팅의 내용보다 더 좋은 카페 콘텐츠를 만들어내기란 불가능하다. 어쨌든 나는 카페에 유료 회원이 아니다.

　그런데 웬걸, 어느 순간 이 카페가 폐쇄되었다. 자세한 내막은 모르겠지만, 네이버가 이 카페를 폐쇄한 것을 보아하니 누군가 고발을 했기 때문으로 추정된다. 캡틴에 이어 또 다른 고수가 등장한 것이며, 또 한편으로는 누군가는 돈을 벌고자 했던 정보를 통해서 돈을 잃고 있었던 것은 아니었을까. 내 추측으로는 그렇다.

　또 하나는 '피터'로 시작하는 블로거다. 나 역시 주식에 대한 정보가 턱없이 부족한 개미에 불과해서 정보를 찾곤 한다. 이분 역시 고수다. 모르는 게 없고,

시장의 흐름 속에서 돋보이는 종목을 소개하는 비범한 재주가 있었다. 그래서 블로그에 자주 들어가서 정보를 얻곤 했다.

그는 정말 대단했다. 주말마다 오프모임 강의를 공지했다. 댓글을 보면서 늘 놀라게 되었다. 매 강의마다 50명을 선착순으로 모집하고, 2시간 남짓한 강의료가 10만 원이었다. 10만 원×50명= 500만 원! 정말 대단하다. 매주 500만 원을 벌어가는 것을 보면서 정말 놀랐다. 주식으로 벌어가는 돈보다 훨씬 많겠다 싶었다. 역시 고수다운 면모를 나는 보았다. 그의 오프모임은 항상 선착순 마감되었다. 서울에서도 마감, 부산에서도 마감. 정말 대단했다.

2021년도가 되면서 이분도 카페를 만드셨다. 그리고 매달 3만 원의 회비를 내는 사람에만 등업을 해주었다. 역시나 나는 회비를 내지 않는다. 굳이 회비를 내면서까지 정보를 얻을 생각이 없기 때문이다.

나는 주식시장에서 고수라 불리는 사람들의 특징이 어떤 것인지를 알게 되었다. 그들은 언제나 시장에서 주목받는 종목들을 알려준다. 시장은 언제나 바뀌기 때문에 시장에서 주목받는 종목들도 늘 바뀐다. 그러면 그 종목들을 바꿔가면서 알려준다. 이 종

목을 사라는 건지? 좋다는 건지? 나도 모르겠다. 그렇게 매일같이 새로운 종목이 소개된다. 나는 그 정보를 보는 사람들이 어떤 생각을 할지 궁금했다. 하루에도 서너 개씩 소개되는 그 종목들을 다 살 수는 있을까? 무엇보다 그 종목들이 다 상승하는가? 아니다. 시장에서 주목받는 종목들은 대체로 3, 4거래일 안으로 시세 분출이 끝이 난다. 그렇게 주가는 하락의 길로 접어든다.

나는 유료 회원이 아니기 때문에 포스팅을 클릭해도 페이지가 넘어가질 않는다. 그러나 제목만이라도 훔치고 싶어서 들어가곤 했다. 그러다가 자유게시판에 어떤 회원의 글이 올라왔다. 자유게시판이라서 그런지 페이지가 이동되었고 나는 어떤 회원의 의미심장한 글을 읽었다.

"주인장님께서 최근에 추천해주시는 종목을 보면 전날 슈팅 나온 종목 위주로 추천해주십니다. 슈팅이 나왔어도 더 갈 수 있는 여력은 있겠지만, 이 방에 존재하는 주린이들이 추격매수 하기에는 참 어려운 일이 아닐 수 없습니다. 저도 지난 몇 년간 주식을 하면서 추격매수를 하다 보면 언제 떨어지지 않을까 노심초사하면서 보게 되고, 분할매수를 하더라도 큰 금액을 투자하지 못해 결국 단타로 끝나는 경우가 부수기지입니다. 금일 오늘의 투자전략에서도 우주 관련 섹터를 보라고 하셨는데, 해당 섹터가 시장에서 관심받는 걸 왜 모르겠습니까? 최근 일주일 내에 50% 이상 오른 종목들에 올라타서 가라는 말인 건지요? 주인장님께서는 현재 저평가 또는 횡보인 종목을 발굴하여 시장에 진입하기에 덜 부담스러운 종목도 같이 추천해주셨으면 더 좋을 듯합니다. 솔직히 말씀드리면 과거 블로그하셨을 때는 그래도 슈팅 종목이든 조정 종목이든 고르게 추천해주셨습니다. 하지만 카페로 전환되면서 부담을 느끼셨는지 그런 균형이 무너진 것 같아 속상하고 안타깝습니다. 최근 며칠 글을 보면서 조금 안타까워 글 올려봅니다.

이것이 현실이다. 이 글에는 비슷한 심정을 담은 댓글들이 달렸다. 모두가 같은 마음이었다. 주식시장에서 나오는 모든 이야기는 시장이 좋을 때나 어울리는 이야기들이다. 시장에 좋지 않을 때는 모든 주식이 떨어질 수밖에 없다. 그렇게 그들의 상당수는 매달 3만 원을 줘 가면서 그의 추천 종목에서 손해를 보고 있을지도 모른다. 회원이 아닌 이상 그 누구도 그 카페에 글을 쓸 수 없는 상황이라서 나 역시 아무런 글을 남기지 못했다. 그리고 이 감정을 비판하는 글이 하나 올라왔다.

투자란 각자의 선택에 따라 행동하는 겁니다. 방장님이 추천하는 종목이 모두 상승하지는 않아도, 그 종목 중에서 괜찮은 종목을 고르는 것은 각자의 선택이 될 수밖에 없습니다. 해당 종목에 관해 공부를 많이 하고, 수급을 조사해서 판단해야 하는 겁니다. 저도 긴 시간 동안 공부를 하면서 주식을 이해했습니다.

이 카페의 방장은 정말 대단한 고수라서 회비로 월 2천은 가져갈 것이라는 생각이 들었다. 이분은 주식으로 돈을 버는 것보다 회비로 돈을 더 많이 벌 것이 분명했다. 나는 이 카페를 보면서 돈은 이렇게 버는 것임을 알았다. 주식으로 돈을 버는 것은 하수고, 돈은 주식을 배경으로 하는 미끼 같은 정보로 버는 것은 아닐까. 너무 궁금했다. 방장은 자신이 설명하는 그 수많은 정보의 종목들은 모두 사고 있을까? 그는 종목을 추천만 했지 한 번도 비판하지 않았다. 매수만 이야기했으니 매도에 대해서는 단 한 번도 글을 남기지 않았다. 가끔 '아픈 손가락'이라는 제목으로 그동안 추천했던 종목을 말하곤 했지만, 그건 이미 주가가 하락을 시작해서 종가가 20일 평균선에 닿고, 60일 평균선에 닿으면서 제대로 작살이 난 상태에서 나 나온 이야기였다. 그러니까 주가의 상승을 예측하듯이, 주가의 하락에 대한 예측은 하나도 없었다. 그저 아픈 손가락만 있었다. 이 아픈 손가락을 잘라야 하나? 좋다, 자르자. 그러면 그는 이 종목을 가지고는 있었을까? 이게 뭐 하자는 짓인가?

방장이 어떤 답글로 이 위기의 사태를 벗어날 수 있을지 궁금했다. 나는 클릭도 안 되는 카페에 들어가서 그나마 볼 수 있는 용기 있는 회원의 글과 댓글들만 보고 있었다. 남의 일이라서 그런지 솔직하게 재미도 있었다. 하루가 지나고 그 글은 삭제되었다. 그리고 방장은 '카페의 운영에 대해 더 많은 방향과 철학에 대해 진지하게 탐구해보자'라며 공지를 올렸다. 역시나 나는 읽지 못하는 글이다.

어떤 사람이 자신이 추천해 준 종목으로 돈을 잃고 마음이 아파서 글을 남겼는데 그것에 대한 반성은 커녕 세월 좋게 탐구나 하자는 그의 글을 보면서 나

는 생각했다.

이 바닥에 고수는 어떤 사람들일까?

주식 고수는 없어도 사람 고수는 있다

　　나는 직장을 다니면서 주식을 시작했다. 매달 주어지는 월급이 부족하지는 않았지만, 그 월급으로는 집을 살 수 없다는 판단이 들었기 때문이다. 아끼고 아껴서 월급에서 남는 돈을 29살 12월 31일에 맞춰서 계산해보니 1억이 안 되었다. 어떻게 결혼을 할 수 있을까? 돌파구가 필요했다. 주식을 시작하게 된 이유다.

　　나의 방 책상에는 매주 서로 다른 주식 책 세 권이 있었다. 도서관에 가서 빌린 주식 책들이었다. 직장 선배 중에서 주식을 하는 사람은 거의 없었기 때문에 나의 궁금증을 딱히 물어볼 만한 사람은 없었다. 친구들도 그랬다. 그래서 책을 읽었다. 책 읽기를 좋아하는 나에게 주식과 관련된 책들은 신세계였다. 물론 책에서 말하는 이론들하고 현실에서의 투자는 또 다른 문제였다. 거의 맞지 않았다. 그럴 법도 한 것이 이 책들은 대부분 미국과 일본에서 번역된 책들이다. 그들 나라에서의 주식과 한국에서의 주식은 다를 수밖에 없었다. 투자의 측면에서 한국은 주식보다는 부동산이 더 적합하다.

어느 날 어머니께서 말씀하셨다. "요즘에는 시대가 변해서 주식을 잘하면 돈이 되는 세상이라고 하더라. 내가 해줄 게 없어서 네가 이런 책들을 보는 것 같구나." 그렇게 어머니는 방문을 닫으셨다. 나도 모르게 눈물이 났다. 하지만 훔쳐야 했다. 방법이 없지 않은가. 나에게 주식은 나의 가난을 벗어나게 해줄 유일한 돌파구였다.

주식이 그렇게 어렵지는 않았다. 월급 타면 내가 좋아하는 기업의 주식을 샀다. 그리고 아무것도 하지 않았다. 열심히 일했고, 차가 있었기 때문에 여행도 실컷 다닐 수 있었다. 그렇게 한 달이 지나고 월급이 들어오면 또 샀다. 그리고 아무것도 하지 않았다. 주식이 왜? 어려운가?

가끔 주식에 미쳐 있을 때도 있었다. 신문에 어떤 기사가 나오면 그 기업 주식을 찾아보곤 했다. 세상 모든 것들이 주식으로 보이기도 했다. 내가 주식을 산다고 무조건 오르는 것은 아니다. 처음에는 그런 것인 줄 알았다. 그러나 이내 그것이 아님을 알게 된 후부터는 어렵게 하지 않았다. 동시에 나는 주식을 하면서 고수를 찾고 싶었다. 주식투자란 상대적인 수익률을 만들어내는 것이기 때문에 나보다 더 잘하는 사람을 만나면 내가 원하는 목표에 빨리 도달할 수 있을 것으로 생각했다.

그러나 만날 수 없었다. 사무엘 바게트가 남긴 『고도를 기다리며』의 블라디미르와 에스트라공처럼 '고도'라는 인물과의 약속을 위해 기다리듯이 나도 기다렸지만, 그들처럼 기다리기만 하고 만나지 못했다. 만날 수 있었던 기회가 없었던 것은 아니다. 그러나 그때마다 그들은 수수료를 달라고 했다. 당연히 나는 거절했다. 시대가 좋아져서 요즘에는 유튜브에도 그런 고수들이 많다. 그런데 그들은 언제나 자랑만 했다. 주식으로 얼마를 벌었다면서 콘텐츠를 올렸다. 자랑하는 것은 좋다. 그러나 그들이 그 주식을 살때, "나는 얼마에 샀어요?"라고 말해준 것을 듣지 못했다. 언제나 그들은 돈을 벌었다는 자랑만 할 뿐이다. 그렇게 그것을 본 사람들이 뒤따라서 산다. 그리고 그들은 돈을 잃고 헤맨다. 그러니까 그 고수가 주식을 팔 때, "나는 얼마에 팔아요?"라고 말해주지 않는다. 왜? 그럴까? 고수니까 팔았다고 했는데 더 오르면 창피하지 않은가. 속된 표현을 쓰자면, 쪽팔린 것이다. 그러니까 말해주지 않는다.

그들은 가끔 주식을 알려주겠다면서 수수료를 달라고 했다. 그리고 물고기 잡는 방법을 알려주겠다면서 꼬셨다. 어차피 고수도 주식시장을 떠나지 않을 텐데. 그러면 물고기 잡는 방법을 알려주지 말고, 그냥 물고기를 잡아주면 안 될까? 내가 수수료를 내지 않았으면 모르지만, 내 지갑에서 수수료까지 준 마당에 당신이 잡은 물고기를 알려주면 되지 않을까? 그런 고수는 없다.

나 역시 주식을 한다. 그리고 카페를 만들었다. 나는 그런 고수처럼 살고 싶지는 않다. 가끔은 그런 생각을 하기도 했다. 나도 글발이 조금 있는 사람이고, 정보에 밝은 사람이라서, 그들처럼 장이 시작하기 전에 1시만 먼저 일어나서 미국 증시를 확인하고 CNBC에 들어가서 뉴스들을 정리해서 장전 전략을 포스팅하고, 장이 끝나면 오늘 장에서 수급이 좋은 종목들을 추려서 추천하면 된다.

　조금만 정성을 들인 표시가 나면 나도 월 3만 원의 수수료를 받을 수 있겠다고 생각하기도 했다. 그러나 그렇게 하기 싫다. 내 양심이 용납을 못 한다. 주식을 하는 사람들의 마음이란 거의 다 비슷하다. 노동으로 불확실한 미래에 썩은 동아줄이라도 잡고 싶은 심정으로 주식시장에 뛰어든 사람들임이 틀림없기 때문이다. 그래서 나는 어떤 주식이 좋다고 말하지 않는다. 내가 다니는 회사도 어떻게 돌아가는지 모르는 어떻게 남의 회사를 분석하여 주가를 예측할

수 있겠는가. 그건 불가능한 일이다. 가능하다고 한다면 거짓말이다. 그러나 내가 좋다고 보이는 주식은 있을 수 있다. 그것은 누구나 가능한 일이다. 그래서 나는 내가 그런 주식을 사고 보여준다. 내가 산 주식에 대해서 논할 수는 있다. 결론적으로 좋으니까 샀겠지. 그게 정답이다. 그러니까 나의 잔고를 보면 그들은 알아서 판단할 것이다. 머리가 다 큰 어른들이기 때문에 어떤 이야기도 그들에게는 잔소리일 수 있다. 그렇게 나는 계좌를 보여주기로 했다. 어차피 나도 주식을 하는 마당에 굳이 그것을 숨길 이유가 없다. 나의 잔고가 새파랗게 멍들면 나는 부끄러울 수밖에 없다. 그렇게 실력이 들통나면 사람들은 떠날 것이다. 어떤 분들은 나의 새파랗게 질린 종목에 투자할 것이며, 주식이란 원래 누군가의 실패가 있어야 성공이 있는 법이기 때문에 돈을 벌기도 했다고 내게 말해주었다. 나의 실패를 반면교사로 삼을 수 있다면 그것도 나의 행복 중에 하나다. 그러니까 고수도 실패할 수 있는 것이다. 그러면 그것을 부끄럽지 않고 당당하게 보여주며 된다. 그래야 신뢰가 쌓인다.

주식을 하면서 나는 끝내 고수를 만나지 못했다.

그러나 나는 고수보다 더 좋은 사람들을 만나게 되었다. 카페를 만들고 그 안에서 정말 다양한 사람들을 만났다. 의사와 변호사 빼고는 각 분야에 있는 사람들 한 명씩은 알게 된 것 같다. 교수님도 만났고, 약사님도 만났다. 어떤 기업의 공시 담당자도 알게 되었다. 우리 아이들과 비슷한 또래의 전업주부님들을 만난 것도 나는 너무 좋았다. 같은 시대에 태어나서 비슷한 일상을 지낸다는 것만으로도 얼마나 동질감이 느껴지는지, 내가 보유한 종목에 다니는 직장인 다수를 만났다. 가끔 나는 그들에게 내가 궁금한 것을 물어본다. 그들도 나에게 자기 회사 주식을 어떤 관점에서 매수했는지 물어본다. 나는 그런 만남이 좋다. 그 안에 고급진 정보는 없을지 모르지만, 그들의 이야기 속에는 내가 미처 발견하지 못한 어떤 생각들이 있고, 또한 그들만이 알 수 있는 현장이란 것이 있다. 물론 그것이 투자의 성과로 이어지는 것은 아니다. 그렇다고 어떤 고급진 정보가 수익으로 연결되는 것 또한 아니다. 내가 알고 있는 공시 담당자 역시 자신이 보유한 종목의 평균 단가를 알려주지 않는다. 왜? 알려주지 않겠는가? 부끄럽기 때문이다. 그만큼 주식 투자는 정보로 승부 볼 수 있는 대상이 아니다. 나는 고수를 만나지 못했지만, 폭넓게 의견을 교류할 수 있는 사람들을 만났다. 그것이 나에게는 행운이었다. 그들 중에는 나보다 더 주식을 잘하는 사람이 있다는 것을 알게 되었다. 나보다 돈을 더 많이 벌었으니까. 내가 만난 고수들이다. 그런 고수들과 연락을 할 수 있다는 것에 나는 대단한 기쁨을 갖는다.

너도나도 주식

지하철에서 주식을 보는 사람들은 흔하게 볼 수 있고, 카페에서도 주식 이야기가 쉽게 들린다. 너도 나도 주식을 하는 분위기다. 가히 주식 광풍이라고 할만하다.

좋은 현상일까? 아니다. 노동으로 안 되니까 주식을 하는 것이라고 나는 생각한다. 대한민국 부동산 공화국에서 부동산으로 재미를 못 본 사람들이 주식을 하는 것일 수도 있다. 자산 시장에서 부동산으로 재미를 본 사람들은 이미 자가를 소유한 40, 50대 이상의 중장년이다. 젊은 사람들이 유독 주식시장에 뛰어든 이유는 부동산에서 재미를 보지 못해서, 주식에서라도 수익을 가져가려는 현상이 아닌가 한다.

그런 상황에 코로나라는 초대형 충격이 더해진 것이다. 유동성이 불어나면서 그 돈이 자산 가격을 상승시키게 만들었다. 주식만 오르는데 아니라 부동산도 미치게 올랐다. 외환위기, 리먼 사태의 역사적인 초대형 충격을 겪으면서 사람들은 학습효과가 생겨났고, 이번에는 그것을 예습이라도 했듯이 투자에 뛰어든 사람이 가득하다. 그래서 그들 모두가 부자가 되었을까? 나는 아니라고 생각한다. 나 역시 코로나 이후에 부동산 가격 상승은 주식 보다 훨씬 크다. 그러니까 위기를 학습하고, 예습하고, 그리하여 실전 투자를 감행하지 않아도 자산의 상승은 저절로 생기는 법이다. 내가 사는 집이 오르기 때문이다. 노동으로 생기는 꾸준한 월급만 줄어들지 않는 이상, 누구나 살아갈 수 있다. 아니, 살아갈 수 없으면 나라가 나서서 살기 힘든 국민을 지켜줘야 한다.

철수 엄마도, 영희 엄마도 주식을 하면 끝물이라고들 했다. 성직자, 스님도 주식을 하면 진짜로 끝물이라고 했다. 성직자, 스님이 주식을 하는지는 알 수 없으나, 내가 보기에 철수 엄마도, 영희 엄마도 주식을 하는 것은 맞다. 철수도 주식을 하고, 영희도 하는

것 같다. 직장 후배들도 주식을 하기 시작했다. 너도
나도 돈을 벌었을 것 같지만, 공교롭게도 나의 후배
들은 그렇지 않은 것 같다. 몇천만 원을 번 젊은이들
도 있겠지만, 그 사이에 집값은 몇억이 뛰었으니 그
들이 가진 허탈감은 상대적이다. 주식시장이 지속적
인 상승 탄력의 힘으로 오르지는 않는다. 주가가 조
정을 보이면서, 주식투자에 재미를 느끼지 못하는 젊
은이들은 하나둘씩 코인 시장으로 갔다. 그러니까 철
수 엄마, 영희 엄마가 여전히 주식을 하고 있겠지만,
그들의 자녀인 철수와 영희는 배움의 속도가 빨라서
이제는 코인까지 가는 것이다.

코인을 하는 방법은 주식만큼이나 쉽다. 업비트 앱을 깔고, K뱅크 앱을 깔면 끝이다. 얼마나 많은 사람이 코인을 할까? K뱅크의 수탁액은 순식간에 5조를 넘었다. 그 사이에 주식시장에 조정이 왔던 묘한 상관관계가 있다. 그러니까 재미를 느끼지 못하는 것이다. 코스피 거래대금이 16조 정도이고, 업비트의 거래대금은 16조가 넘는다. 이건 엄청난 돈이다. 대한민국은 가히 '쩐의 전쟁터'라고 불려도 무방하다. 직장 후배들에게 물어보니, 친구들끼리 카톡 단톡방에서 주된 이야기가 코인이라고 한다. 정말 대단하다. 투자인지? 투기인지? 전국만이라고 표현해도 무방할 정도로, 무엇이 이렇게 미쳐 있게 할까? 그만큼 살기 팍팍해서 일 거다. 그리고 주식이든 부동산이든 자산으로 돈을 불리지 못하면 평생의 노동으로도 이룰 수 없는 어떤 불확실한 미래에 대해 두려움을 만들게 하기 때문일 것이다. 노동의 가치는 땅바닥으로 떨어지고, 자산 시장에서 먹지 못한 놈은 바보요, 잃은 놈은 호구요, 지켜만 보다가 오르는 것만 보면서 배 아파하는 놈들은 관종이라 놀림당하는 세상이다. 대놓고 그렇게 말하지는 않는다. 사람들 사이에서 주식이나 부동산이 단골 안주가 된 세상에서 왠지 모를

낙오자 같은 느낌을 지울 수 없을 뿐이다. 그것이 우리 주변에서 너무 많이 보인다.

장모님의 주식투자

〰️〰️〰️〰️

　　지난 명절에 처가댁으로 인사를 드리러 갔다. 가까운 거리에 살아서 자주 인사를 드리지만, 그래도 명절은 명절답게 떡국을 함께 먹어야 제맛이다. 음식을 준비하면서, 장모님께서 주식 이야기를 꺼내셨다. '정말 너도나도 모두가 주식을 하는구나!' 하는 생각이 들었다. 장모님의 흥겨워하는 이야기에 맞장구를 치면서 들었다.

　　"이 서방 내가 2월에 주식을 처음 시작했어. 머리털 나고 처음하는 주식인데, 정말 재밌더라고. 사실, 내 친구 중에 한 명이 있는데,

그 딸이 삼성전자에 다녀. 그래서 이 친구가 그 주식으로 돈을 벌었다고 자랑을 하는 게 아니야. 그래서 나도 돈 좀 벌어보려고 시작했어. 돈 벌어서 코로나 끝나면 공짜 여행 갈 거야. 이게 참 재밌더라고. 어느 날은 올랐다가. 또 어느 날은 떨어졌다가. 어쭈, 요것들 봐라. 그렇게 주가가 들쭉날쭉하더라고. 셀트리온도 하나 사야 하는데. 그런데 이 서방, 매도는 어떻게 하는 거야?"

장모님의 신나는 목소리를 들으면서 나도 덩달아 즐거웠다. 그래서 나도 계좌를 공개했다. 그렇게 장모님과 나는 신이 나서 이 얘기 저 얘기를 주고받았다. 나는 장모님에게 주식에 대한 일절의 이야기도 하지 않았다. 그저 묻는 것에 대한 대답만 해주었을 뿐이다. 장모님은 내가 네이버의 주식 카페 방장이라는 것을 아직도 모른다. 그렇게 장모님에게 매도하는 방법을 친절히 알려주었다.

"장모님 보세요. 매수하고 똑같은데, 여기 빨간색 버튼이 매수잖아요. 그 옆에 파란색

매도 버튼을 누르고요, 몇 개나 팔지 수량을 치세요. 그리고 얼마에 팔지 가격을 정하세요. 그리고 확인 누르면 됩니다. 쉽죠?"

장모님의 삼성전자 평단 88,200원을 나는 아직도 기억한다. 그 사이에 추매를 해서 평단을 낮췄을지도 모른다. 그것이 아니라면, 지금 장모님은 물려 있으실 것이다. 누군가의 실패는 누군가의 희망이다. 비관을 먹고 주식은 자라는 법, 지금 장모님의 심정을 물어봐서 미치고 짜증이 나고 주식을 괜히 했다는 말씀을 듣게 된다면, 이건 매수해도 된다는 신호다. 개인 투자자의 비관 속에서 희망은 싹트기 때문이다. 아무리 생각해도 장모님의 주식투자는 상상도 못 한 일이었다.(이 글을 쓰고 있는 3월 23일 삼성전자는 82,000원에서 거래되고 있다) 아직 우리 부모님만 하지 않으신다. 그러니까 우리 부모님까지 주식을 하신다면, 정말 그때는 끝물이 아닐까 생각된다. 그날을 생각만 해도 재미있다.

주식투자의 딜레마

결혼하기 전, 주식에 미쳐 있었다는 표현이 어울
릴 정도로 깊은 관심이 있었을 때가 있었다. 이벤트
에 당첨되어서 주식 강연에 갔었던 적이 있다. 누가
들어도 아는 증권회사였고, 어떤 펀드매니저가 강연
을 했다. 강연장은 이미 가득 차 있었고, 내가 보기에
그들의 눈빛은 반짝반짝 빛나고 있었다. '여기서 좋
은 종목 하나 골라서 돈을 잔뜩 벌어야지' 하는 생각
이었을 게다.

강연은 좋았다. 그는 버핏, 피터 린치, 앤서니 볼
튼, 윌리엄 오닐, 필립 피셔 같은 유명한 투자자들의
투자 방식을 쉽고 자세하게 소개해 주었다. 책에서

읽었던 내용들이었지만, 전문가의 이야기를 통해서 들으니 또 다른 맛이 있었다. 그리고 자신은 버핏과 같은 투자 방식을 추구한다고 했다. 강연을 마치면서 그는 자신이 관리하는 계좌 몇 개를 공개했다. 자신은 투자할 수 없으므로 가족들의 계좌를 통해서 주식을 한다고 했다. 그렇게 그의 종목은 새빨갰다. 수익이 상당히 높았다. 문제는 그 종목들 대부분은 듣도 보도 못한 종목들이었다. 시가총액이 현저하게 낮은 종목이었다. 그가 주식으로 수익을 낸 것은 좋다만, 과연 버핏이 저런 종목들을 투자할까? 강연은 그렇게 끝났고, 질의응답을 하는 시간이 도래했다. 그때 어떤 청중이 질문을 했다.

"선생님의 강연은 잘 들었습니다. 그런데 한 가지 궁금한 것이 있어서 질문을 합니다. 선생님은 버핏과 같은 투자 방식을 선호한다고 하셨습니다. 선생님의 종목들을 보면서 이런 생각이 들었습니다. 버핏이라면 과연 저런 종목들을 살 수 있었을까요? 혹시 내부 정보를 이용한 거래를 하신 것은 아닌가 의심이 듭니다."

강연장은 얼음장처럼 차가워졌다. 날카로운 질문에 펀드매니저는 대답을 머뭇거렸고, 강연장은 싸늘해졌다. 급기야 한두 명씩 강연장을 나가기 시작했고, 펀드매니저는 얼버무리면서 답을 했다. 무슨 이야기를 했는지도 정확히 기억이 나지 않는다. 그렇게 사람들은 자리를 떠났다.

공부하라고 한다. 주식하면 공부를 진짜 많이 해야 한다고 한다. 무슨 공부를 할까? 책을 읽어야 할까? 유튜브에서 나오는 전문가들의 이야기를 정리해야 할까? 요즘에는 온라인 강의도 많다. 수십만 원은 기본이다. 그렇게 공부하면 정말로 주식을 잘하게 될까? 나도 가끔 유튜브를 보곤 한다. 그들은 언제나 오늘의 시장을 분석한다. 요즘처럼 주식시장에 조정이 찾아오면 더욱 분주하다. 그들은 주식시장을 떠나지 말라면서 희망에 섞인 이야기들을 한다. 그러면서 지들은 판다. 그리고 주식투자에 관해 설명한다. 그리고 마지막에 클로징 멘트를 날린다.

"미국 시장을 보죠."

정말 어이가 없다. 한국 증시가 미국 증시의 영향에서 한 걸음도 벗어날 수 없다는 것은 삼척동자도 안다. 그러면 미국 시장을 분석해야 옳지 않을까? 오늘 벌어진 한국 증시를 아무리 설명해봐야 결국에는 내일의 한국 주식은 오늘 밤의 미국 증시에서 판가름이 날 것이 뻔한데, 굳이 한국 주식을 분석할 이유가 있을까. 딜레마다. 그래서 나는 유튜브를 안 본다.

주식에 대한 아내의 물음

아내는 주식의 '주'자도 모르지만, 촉이란 것이 있다. 아이들에게 물려주기 위해 주식을 해서 가끔 계좌를 보여달라고 하기도 하고, 검색을 하다 보면 자연스럽게 주식시장에 대한 뉴스를 접하고 물어보곤 한다. 주식 이야기는 거의 안 하는데, 어느 날인가 나에게 이렇게 물었다.

"어제 검색하다가 존리라는 투자자를 알게 되었는데, 아니 그 사람 이상해. 커피 마실 돈으로 주식 사래. 자동차도 사지 말고, 집 도 사지 말고, 아이들 학원도 보내지 말고

주식 사래. 아니 그렇게 부자 되서 뭐 하려고. 돈은 언제 쓸 거야. 무덤에 가지고 갈 건가? 필요할 때 써야지. 그러려고 돈을 모으는 게 아닌가? 오빠 생각은 어때?"

나도 그분을 잘 안다. 유튜브에서 너무나 많이 봤다. 메리츠 자산운용의 대표이고, 스퀴드라는 미국의 자산 운용사에서 코리아 펀드를 운용한 분으로 유명하다. 그분을 좋아해서 메리츠 대표 펀드에 가입하고 있기도 하다. 나는 에둘러서 "꼭 그렇게 하라는 것이겠어? 그만큼 노후 준비를 위해서 절약하고 아끼라는 표현 일부겠지. 그렇게 이해하면 되지 않을까."라고 아내에게 대답했다.

그분은 유튜브에서 늘 똑같은 이야기를 반복한다. 앵무새도 아니고 어쩜 저렇게 똑같은 이야기를 반복할 수 있을까 싶다. 사람들이 궁금해하는 것은 어떻게 하면 주식으로 돈을 벌 수 있느냐다. 그리고 언제 돈을 벌 수 있느냐다. 이 질문의 범주에서 하나도 벗어나지 않는다. 그분의 답변이 똑같은 이유는 질문이 늘 똑같기 때문일지도 모른다. 그만큼 사람은 주식으로 돈을 벌고 싶은 것이다.

그는 주식으로 돈을 버는 방법에 대해 다음과 같이 말한다. 첫째, 주가가 언제 오를지 나도 모른다. 둘째, 분산 투자해라. 셋째, 분할 매수해라. 넷째, 장기 투자해라.

주식투자가 정말 쉽지 않은가. 그러니까 그분이 말하는 주식투자의 핵심은 너무 간단하지만, 진정으로 말하고자 하는 요지는 단 한 가지다. 노후를 준비하기 위해서 주식이 언제 오를지 고민하지 말고, 어떻게 하면 수입을 늘리고 소비를 줄여서 투자를 늘려야 할지를 고민하라는 것에 있다. 그렇게 투자된 돈은 자연스럽게 불어난다는 것이다. 돈이 일하게 만드는 것이 투자라는 것이다.

내 주변에 주식으로 돈을 번 사람의 거의 없다. 공교롭게도 주식에 관해 이야기하는 사람들은 많다. 그러나 그들이 모두 돈을 버는 것은 아니다. 그저 관심이 있고, 재미가 있으며, 그 관심과 재미에서 벗어날 수 없다는 것이다. 그러니까 존리 대표가 설명하는 주식투자의 방법대로 하는 사람을 거의 본 적이 없다. 사람들은 주가가 언제 오를지 예측하려고 하고, 분산과 분할은커녕 어떤 종목에 올인을 해버린다. 그리고 생각처럼 주가가 움직이지 않으니까 단타를 한다. 일을 통해서 수입을 늘리려고 하지 않고, 주식시장의 신기루 속에서 어떻게 하면 돈을 벌까만 고민한다. 그러니까 그분이 설명한 것과 대부분은 정반대로 한다.

좋다. 그러면 그분이 운용하지는 않지만, 대표로 있는 펀드는 어떨까? 내가 가입을 해봐서 아는데, 정말로 전문가들의 주식 수준이 이 정도밖에는 안 될까 싶을 정도로 답답하다. 벤치마크인 코스피 지수와 엇비슷하다. 그러니까 아무리 전문가들이 주식투자를 해도 시장을 크게 이기기란 불가능한 것이 현실이다. 그래서 사람들은 펀드에서 환매한 후에, 그 돈으로 직접 투자를 한다. 잘 될까? 그것도 아니다. 그러니까 주식투자로 돈을 버는 방법은 그가 말한 네 가지를 지속하는 것이다. 시간에 투자하는 수밖에는 방법이 없다. 늙으면 누구나 부자가 될 수 있다는 단순한 진리를 받아들여야 한다. 버핏도 60살이 넘어서야 복리의 마법이 벌어졌다고 하지 않던가. 하물며 나 같은 개인 투자자가 어떤 통찰과 영감이 뛰어나서 내일이라도 당장 돈을 벌 수 있겠는가? 불가능하다. 인정할 것은 인정해야 한다.

그런데도 사람들은 빨리 부자가 되고 싶어 한다. 빨리 부자가 되고 싶게 만드는 이유는 어디에 있을까? 맞다. 유튜브나 인터넷의 검색을 하다 보면, 그렇게 부자가 된 사람들이 있기 때문이다. 1천만 원도 안 되는 돈으로 몇십 억을 벌었다는 사람이 흔하지 않은가. 그들의 사연에는 어떤 공통점들이 있다. 그들도 처음에는 돈을 잃어서 한강에 가서 삶을 물속에 던지려고 하는 순간에 신의 계시를 받고서 다시 투자해서 대박이 났다는 스토리다. 아무튼 이 신화 같은 이야기의 핵심은 죽음을 경험해야 한다는 것이다. 그러니까 빨리 부자가 되고 싶다면, 당신도 그런 죽음의 경험을 해야 한다. 실제로 그들이 그런 경험이 있었는지는 모른다. 확인할 길이 없기 때문이다. 그러니까 지금 당신이 하는 방식으로는 성공할 수 없다는 뜻과 같다. 바뀌어야 한다. 그런데 사람이 쉽게 바뀔 수 있을까? 없다. 그래서 죽어야 한다. 그래야 산다.

나 역시 네이버라는 공간에 카페를 만들어서 방장으로 운영자이지만, 주식투자란 쉽지 않다. 조금 더 잘하고 싶어서 가치투자연구소라는 곳에 가입했다. 주식과 관련되어 가입한 유일한 카페. 카페의 제목처럼 그곳은 점잖고 보수적인 글들이 많다. 나는 가끔 내 생각을 글로 남긴다. 그러면 고수 같은 사람들이 답글을 달아준다. 그 답글들은 대부분 가치, 밸류에이션, 안전마진, 펀더멘털, 내재가치 같은 이해하기도 어려운 용어들이다. 하여, 나는 그런 댓글에 궁금함을 참지 못하고 댓글을 이어 단다.

"그래서 그 가치에 부합하는 종목이 무엇인지 여쭤어봅니다. 그 밸류에이션이란 무엇이며, 그것에 합당한 종목은 무엇인가요?"

돌아오는 대답은 어떨까? 없다. 그들은 '저도 찾는 중입니다'라고 답을 해준다. 그게 현실이다. 주식에 대한 추상적이고 허무맹랑한 이야기들, 내가 원하는 것은 그런 것들이 아니다. 구체적이고, 명확한 것들이다. 누구나 그것을 원할 것이다. 그런데 그것을 속 시원하게 설명해주는 사람이 없다.

투자는 지적 유희가 아니다. 내가 피땀 흘려서 번 노동의 대가를 투자 시장이라는 곳에서 다투는 과정이다. 이것이 어찌 유희일 수 있을까. 확실하지 않은 것에 나의 소중한 돈을 감정적으로 다루면 안 된다.

아무도 나에게, 그리고 당신에게 주식을 하라고 하지는 않는다. 살다 보니까 동료가 주식으로 돈을 벌었다는 소문을 듣고, 친구가 그랬고, 옆집 영희 엄마도 그러는 소리를 듣다가 나도 모르게 이 바닥에 들어와 앉아 있는지도 모른다. 주식을 안 한다고 감옥에 보낼 사람은 없다. 오직 자기 자신이 판단해서 시작한 결과다. 그리고 주식시장에서는 항상 정보를 주고 말해준다. 투자의 책임은 투자자 본인에게 있다고. 이 말은 정말 무서운 말이다. 아무도 당신의 투자를 책임져 주지 않는다.

주식에 관심이 있다면

학창 시절에 나는 기계를 전공하면서 경영도 같이 배웠다. 정말 어쭙잖게 배웠다. 성적은 좋았다. 배운 것 중에서 효율적 시장 가설 이론Effective Market Hypothesis이 생각난다. 경영학에서 투자론을 배우면 이 이론을 배운다. 1970년에 발표된 이론인데도 여전히 생각의 여지를 준다. 졸업하고 여의도에서 증권맨으로 일을 했다면 더 실감이 나게 느꼈을 테지만, 공교롭게 나는 엔지니어로 밥벌이를 하고 있다. 이론에 따르면 자산의 가격에는 모든 정보가 이미 반영되어 있어서 투자자들은 초과 이익을 얻을 수 없다고 그는 말했다. 무슨 개 똥딴지같은 소리인지 모르겠지만,

나는 그의 이론을 달달 외웠다. 시험을 봐야 했기 때문이다. 그는 세 가지 형태로 시장은 나눴다. Weak, Semi, Strong-form.

첫 번째, Weak는 현재 가격에는 과거에 발생한 모든 시장 정보가 있어서 기술적 분석으로 주가를 예측하는데 불가능하며, 오직 펀더멘털 분석으로만 초과 수익이 가능하다고 설명했다. 그러면 그 펀더멘털은 도대체 무엇인가?

두 번째, Semi는 현재 가격에 공개적으로 접근할 수 있는 모든 정보가 담겨 있어서 펀더멘털 분석으로도 초과 수익이 불가능하며 사적인 정보만으로 초과 이익을 창출할 수 있다고 했다. 그러면 사적인 이익은 도대체 무엇인가? 신도시 개발이라는 내부 정보를 투자에 활용한 주택공사의 LH부자 같은 내부자 같은 것일까.

마지막으로, Strong-form에서는 공개된 정보뿐만 아니라 사적인 정보까지 포함되어서 누구도 초과 이익을 기대할 수 없다고 했다. 그의 이론에 따르면 그렇다. 그러면 주식으로 돈을 벌 수 없지 않은가? 그런데 주식시장에는 돈을 번 사람들이 있고, 그것을 본 사람들이 있어서 사람들은 희망을 품고 주식시장으로 몰려드는 것이 아닌가? 딜레마다. 돈을 벌 수 없는데도 불구하고 주식으로 돈을 벌려고 하는 기이한 현상을 말이다.

주가는 오르고 떨어지고를 반복하면서 끝내는 우상향한다. 이것을 믿고 진득하게 기다릴 수 있는 사람들이 끝내는 투자 수익을 가져간다고 나는 생각한다. 그 과정을 버티기 힘들어서 투자자는 돈을 잃는 것에 불과하다. 한번 공식으로 대입해보자.

현재 주가 Price는 '주당 순이익 EPS × 멀티플 PER'으로 계산된다. 이건 암기해야 한다. 여기서 주가 P가 오르는 과정을 보면, 항상 PER가 먼저 오른다. 어떤 주식이 상승한다는 것은 기업의 이익이 늘어나는 것을 투자자가 예상했기 때문에 발생하며, 그렇게 되기 위해서는 PER가 먼저 오를 수밖에 없다. 아직 기업의 이익이 드러나지 않았기 때문이다. 그래서 기업의 재무를 분석하는 것은 어렵다. 느닷없이 주가가 오르기 때문이다. 주식을 보유한 사람이라면 좋겠지만, 보유하지 않은 사람에게는 그림의 떡일 수밖에 없다. 그때 투자자는 이 주식에 뭔가가 있나 싶어서 관심을 끌게 된다. 그러니까 기업을 보는 것이 아니라 주가를 보고 매수를 하는 것이다. 이것이 투자인지 투기인지는 그 누구도 판단할 수 없다. 스스로 느끼는 감정에 불과하다.

계속해서 상승하는 주식은 없다. 기업의 이익이나 자산의 가치를 주가와 비교해서 그 가치를 평가하게 되는데 그것을 밸류에이션이라고 부른다. 현재 주가가 비싸냐, 싸냐를 따져보는 것이다. 기업의 이익이 늘어나지 않은 상태에서 오른 주가를 밸류에이션 한다는 것 자체가 모순인 이유는 판단할 수 있는 근거가 없기 때문이다. 그 이유는 앞서 말했듯이 기업의 이익이 드러나지 않았기 때문이다. 그래서 효율적 시장 가설 이론에서 나온 것처럼 주가에는 모든 것들이 반영되어 있게 된다. 가장 비싸다는 뜻이다. 비싸서 누군가는 매도하여 차익을 실현하고, 또 누군가는 펀더멘털이 좋다면서 매수를 하게 되는 거래가 이루어진다. 펀더멘털은 기업의 재정이 얼마나 튼튼한지를 나타내는 지표다.

시간이 지나서 실적은 발표된다. 주식을 분석하는 수많은 애널리스트들이 기업의 이익을 분석하여 컨센서스를 만들고, 실제로 드러난 이익이 컨센서스에 얼마나 부합하는지를 결정하게 된다. 생각보다 많이 나오면 어닝 서프라이즈가 되면서 주가는 더 상승하고, 어닝 쇼크가 나오면 주가는 하락한다. 그 뜻은 실적 발표 직전의 PER를 유지한 상태에서 이번에는 주가 P를 결정하는 EPS의 변화를 통해서 주가가 결정된다. 이론이 그렇다는 것이다. 그러니까 이것을 실시간으로 계산한다는 것 자체가 불가능하다. 더욱이 기업의 이익을 정확하게 맞추는 전문가가 단 한 명도 없다는 것이다. 공식의 변수인 EPS 자체가 논리적으로 불확실할 수밖에 없다. 그렇게 주가는 오르고 내리고를 반복하게 되어 있다. 이 반복은 내가 주식을 매도하는 순간까지 계속된다. 그래서 그런 움직임을 보고 있으면 멀미가 나게 되어 있다.

주가의 변동성을 주식시장에서는 '베타'라고 부르고, 주가의 성장성을 '알파'라고 부른다. 돈을 벌기 위해 주식을 하는 사람은 당연히 알파를 원한다. 그런데 알파가 좋다는 뜻은 베타가 크다는 뜻과 같아서 주가의 등락이 심하다. 그래서 투자자들이 가끔 두통약을 먹거나 소화제를 먹는 이유가 된다. 그만큼 투자자의 심리는 변동하게 되어 있다. 이것을 극복할 수 있는 투자자는 돈을 벌 수 있고, 극복하지 못하는 순간에 매도함으로써 투자를 멈추게 된다. 돈을 벌었다면 다행히도 기쁘게 떠날 수 있다. 그러나 돈을 잃은 사람은 본전 심리를 이기지 못하고 다시 투자한다. 잃은 돈을 만회하기 위해서다. 돈을 조금 번 사람도, 돈을 많이 번 사람도, 떠나지 못한다면 다시 주식을 시작하게 되어 있다. 그래서 주식은 투기라 불러도 무방하다. 돈을 버는 방법이 주식일 뿐이기 때문이다. 다시 시작하면 또다시 멀미를 느껴야 한다. 주가는 끊임없이 움직이기 때문이다. 주식에 관심이 있는 사람이라면 주가 P가 만들어지는 과정을 정확하게 이해하고 있어야 한다. 아무런 판단의 근거 없이 팔랑귀에 흔들려서 투자하면 힘들어진다. 주식에 관심이 있다면 말이다.

　　PER는 시장의 참여자가 결정하는 것이다. 그래서 특정한 공식이 없다. 오직 본인의 촉에 의지해서 판단할 문제다. 그러나 EPS는 다르다. 기업의 이익은 마음만 먹는다면 충분히 예상해 볼 수 있는 영역이다. 그래서 전문가들도 EPS를 맞추려고 노력할 뿐, PER에 대해서는 크게 신경을 쓰지 않는다. 그러니까 주식에 대해 진정으로 관심이 있다면 EPS가 상승하는 기업을 장기 보유하면 무조건 돈을 벌 수 있다. 그것이 투자다.

결국에는 종목이더군요

~~~~~~~~~~~~~~~~~~~~

　　주식은 다양한 투자 자산 가운데 하나일 뿐이다. 그러니까 주식이라는 자산에 투자하기로 선택하였다면, 이제는 어떤 종목을 살 것인지를 선택해야 한다. 주식투자는 결국에는 어떤 종목을 선택해야 한다.

　　가장 중요한 선택은 EPS가 성장하는 기업의 주식을 사면 된다. 그런 기업들에는 몇 가지 공통점이 있다. 첫째, OPM 영업이익률이 높다. 둘째, ROE 자본회전율이 높다. 셋째, 긴 업무능력을 통해서 첫째와 둘째가 성장을 지속하는지 확인한다. 이것이 공통점이다. 이런 주식을 장기보유하면 돈을 번다. 무조건 버는 것은 아니겠지만, 벌 가능성이 상당히 크다.

그 이유는 코로나 같은 악재가 터질 수 있기 때문이다. 위기는 아무도 모르게 찾아온다. 동시에 세상은 그러한 위기를 극복하기 위한 노력을 한다.

문제는 이런 종목들이 도대체 어떤 것이냐는 것이다. 여기서 종목을 선택하는 방식이 두 가지 추가된다.

하나는 Top Down 방식이다. 산업의 성장을 예측하여 성장하는 산업에 속한 기업을 찾아내는 방식이다. 예를 들어 미래에는 배터리 자동차가 많아질 것이라는 예상이 된다면, 배터리 기업을 찾아보는 방식이다. 엘지화학, 삼성SDI 같은 종목이다.

또 하나는 Bottom Up 방식이다. 어떤 성장 가능한 기업을 찾아보는 것이다. 예를 들어, 여성들이 좋아하는 가방의 샤넬 같은 브랜드를 찾는 것과 같다. 샤넬처럼 독보적인 브랜드가 있어서 시간이 지나도 경쟁자가 넘볼 수 없는 가치를 가진 기업에 투자하는 것이다.

이론은 어디까지나 이론에 불과하다. 여기서 딜레마가 생긴다. 대한민국의 기업들은 Top Down에서 찾을 수 있을까? Bottom Up에서 찾을 수 있을까? 내가 보기에 대한민국은 수출로 먹고사는 나라로 보인다. 내수로 성장하는 것은 불가능하다. 그러면 수출은 어떤 것이 잘 될까? 맞다, 반도체다. 반도체가 차지하는 비중이 너무 크다. 그런데 반도체는 컴퓨터나 스마트폰, 서버 같은 장치에 들어가는 반제품이다. 소비재가 아니기 때문에 우리 눈에는 보이지 않는다. 그래서 주식투자가 어렵다. 보이지 않으니까 확인할 수 없고, 확인할 수 없으니까 선택하기 힘들어진다. 실체가 없는 것을 판단한다는 것은 장님이 코끼리를 만지는 것과 다르지 않다.

여기에 덧붙여 주식투자는 상대적인 수익률을 추구하는 투자다. 반도체를 만들기 위해서는 수많은 기업이 협업해야 한다. 삼성전자 하이닉스 같은 기업들은 대한민국에서 알려진 대기업이다. 그러나 리노공업, 티씨케이, 원익IPS 같은 기업들을 평범한 사람들이 알 수 있을까? 엘지화학, 삼성SDI는 알아도 에코프로비엠, 천보 같은 기업들을 알 수 있을까? 없다. 그런데 이런 기업들의 주가가 훨씬 좋다. 그러니까 주식을 하다 보면 듣도 보도 못한 기업을 알게 되고, 그 기업들의 주가가 상승하는 것을 보면서 부러워하게 되어 있다. 앞서 말했듯이 주가 P는 기업의 이익보다는 PER가 먼저 움직이기 때문이다. 주가가 왜? 상

승하는지를 절대 알 수 없다. 그렇게 주가가 움직이면 그 종목이 뭔가 하고 찾다가 더 상승할 것 같은 느낌에 덜컥 사버린다. 그리고 물린다. 밸류에이션보다 비싸게 사는 것이다. 그래서 주식투자는 어렵다. 주식투자에 실패하는 이유는 결국 비싸게 샀기 때문이다. 아무리 좋은 종목을 보유해도 비싸게 사면 결국에는 돈을 벌지 못한다. 그렇다면 싼 가격은 무엇인가?

그것에 대한 명확한 답을 내놓기도 힘들다. 주가 P는 EPS와 PER의 끊임없는 관계 속에서 움직이기 때문이라고 앞서 설명한 것으로 대신할 수 있다.

그래서 그 움직임을 끊임없이 확인해주어야 한다. 그 과정 중에서 싸면 사는 것이고, 비싸면 파는 것이다. 그런데 그것을 계속해서 밸류에이션 할 수도 없다. 더욱이 밸류에이션이 정확하지도 않다. 그래서 끊임없이 사고, 팔 수가 없다. 본업이 있지 않은가?

그래서 EPS가 성장할 수 있는 공통된 조건을 가진 종목들을 이왕이면 싸게 사서 보유하면 최소한 잃지는 않는다. 코로나 같은 위기에 투자해야 하는 이유다. 싸게 살 수 있기 때문이다. 그리고 그 기업들은 시간이 흐르면서 성장을 지속할 것이며, 그것을 바탕으로 주가는 끝내 우상향할 것이라고 투자자는 믿어야 한다. 돈을 벌기 위해서다. 주식투자로 돈을 버는 가장 확실한 방법이다. 어쩌면 유일한 방법일지도 모른다.

공격적인 주식투자에 대하여

주식투자의 목적은 돈을 벌겠다는 뜻이다. 다르게 표현하면, 현금을 주식으로 바꿈으로서 수익을 만들어내겠다는 뜻과 같다. 문제는 주식의 종목은 너무나 많다는 점이다. 주식투자가 생각처럼 쉽지 않은 이유는 모든 종목의 주가가 상승하지 않기 때문이다. 어떤 종목은 상승하고, 어떤 종목은 하락한다. 주식투자가 정말 어려운 이유는 내가 산 종목은 하락하고, 내가 판 종목은 오르기 때문이다. 주식을 해본 사람이라면 공통적으로 느낄 수 있다.

심리도 투자의 중요한 부분이다. 주식투자가 사람들에게 관심을 갖게 하는 이유는 그 어떤 자산보다 높은 수익을 기대할 수 있기 때문이다. 그래서 사람들은 주식투자를 하면 큰돈을 벌 수 있다고 생각한다. 일종의 심리가 작동하기 때문에 가능한 일이다. 반대로 주식은 그 어떤 자산보다 높은 리스크를 가지고 있다는 뜻이기도 하다. 그래서 주식으로 돈을 벌기는커녕, 잃은 사람이 허다하다.

그렇기 때문에 주식은 다양한 투자 자산 가운데에서 가장 위험한 자산으로 분류된다. 높은 리스크 때문에 기대할 수 있는 높은 수익은 높고, 동시에 높은 리스크 덕분에 돈을 크게 잃는 사람이 반드시 존재할 수밖에 없다.

사람들은 주식으로 돈을 많이 벌고 싶기 때문에 공격적인 투자를 하게 된다. 전문가들은 단기적인 투자를 하지 말라고 조언해도 그것을 행동으로 옮기기 힘든 이유는 그만큼 높은 수익을 기대하기 때문이다. 내가 보유한 종목보다 더 좋은 수익을 보이는 종목으로 투자를 옮기기 십상인 이유다. 공격적인 투자를 하게 되는 근본적인 이유는 주식이라는 자산의 특징이 그렇게 만들어져서 시장에서 거래되기 때문입니다.

주식으로 돈을 많이 벌기 위해서는 결국에는 공격적인 투자를 해야 한다는 점에 동의한다. 오늘도 주식시장에서 거래되는 10조 정도의 거래대금을 바라보면서 사람들이 얼마나 돈을 벌고 싶은지를 짐작하게 된다. 그런데 투자에 앞서서 먼저 생각해야 할 것은 내가 가지고 있는 자산의 비중을 결정해야 한다는 점이다. 어떤 종목의 주식으로 돈을 벌 것인지를 판단하는 것보다 더욱 중요하다. 자산배분의 결정이 먼저라는 뜻이다.

소위 말하는 부자가 되는 방법은 보유한 자산의 가격이 상승해서 얻어지는 결과다. 자산과 소득은 다르다. 예를 들어서, 같은 직장에서 같은 월급을 받는 동료들끼리도 그가 어디에 사느냐에 그의 부가 다르게 결정된다. 그러니까 월급이라는 소득이 같아도 그가 살고 있는 아파트라는 자산에 따라서 그의 부는 다르게 평가 된다. 대한민국은 부동산 공화국이라고 설명해도 무방할 정도로 부동산 가격이 한 사람의 부를 크게 결정한다. 굳이 주식투자를 하지 않아도 부자가 될 수 있는 이유는 부동산이라는 자산이 상승하기 때문이다. 대한민국에서 부자가 된 사람들은 공통점은 부동산 가격 상승에 기인한 것이며, 2020년 코로나의 위기에서도 50대 이상의 기성세대에게 부의 편증이 가속화된 이유 역시 부동산 가격 상승이 주된 원인이다.

부동산을 가진 사람도 주식을 하고 있을 것이다. 은행에 예금도 있을 것이며, 집 한 채를 보유하거나 상가를 보유해서 월세라는 임대소득을 받는 사람도 있을 것이다. 그러니까 그 사람이 가진 전체 자산 가운데에서 부동산, 예금, 주식에 골고루 분산되어 투자되어 있는 것이 현실의 모습이다. 대한민국은 유독 부동산 비중이 절대적으로 높다. 전문가들이 조언하는 것은 이 비중을 줄여서 주식과 채권 비중을 높여야 한다는 것이다. 그 이유는 선진국으로 분류되는 대표적인 미국의 경우에 자산의 30% 정도는 주식에 투자되어 있기 때문이다. 그것이 자산을 안정적으로 관리할 수 있다는 사례라는 점이다. 주식의 비중을 전체 자산에서 높여야 한다는 것이 핵심이지, 어떤 종목을 잘 골라서 수익을 극대화 시키라는 뜻이 아니다. 성장성이 아무리 좋은 종목의 주식을 보유한들 내가 보유한 전체 자산에서 차지하는 투자 비중이 낮을 때에는 전체 자산에서 차지하는 수익의 비중은 높지 않다. 그럼에도 불구하고 주식시장에서 돈을 벌

고자 하는 개인 투자자들의 마음은 오롯이 수익을 크게 만들어낼 수 있는 종목에만 심취해있다는 점이다. 그것이 주식투자의 핵심은 아니다. 가장 우선시 되어야 할 것은 내가 가지고 있는 전체 자산의 비중을 부동산, 주식, 예금, 채권으로 어떻게 나눌 것이냐에 대한 선택이다. 주식투자자를 위한 전문가들의 조언은 넘쳐난다. 그러나 그들도 주식투자에 대해 이야기하기 전에 가장 먼저 하는 것은 자산의 배분이다. 예를 들어, 국민연금은 MP라고 불리는 모델 포트폴리오에 의해 기금을 운용한다. 주식, 채권, 부동산, 기타 자산의 비중을 정하고, 주식 중에서도 한국 주식은 전체

기금의 몇 퍼센트까지만 보유하는 모델을 가지고 투자한다는 것이다. 주식시장이 아무리 좋아도 비중이 넘어서면 팔아야 한다. 그것이 원칙이기 때문이다. 그 원칙이 '옳냐? 그르냐?'의 문제를 따지는 것은 그만큼 한국 주식의 비중이 높기 때문에 매도함으로 인해서 생기는 개인 투자자의 불만에 불과하다. 연기금의 주식투자 전문가도 기금에서 주어지는 정해진 비중 안에서 얼마나 좋은 종목을 선택하여 투자에 활용하느냐의 문제다. 연기금만 그런 것이 아니다. 기관, 외국인 투자자 역시 마찬가지다. 그렇게 주식 담당자에게 주어지는 일정한 금액을 기준으로 주식투자의 수익을 극대화시킬 것인지에 대한 이야기에 불과한 것이다. 거듭 이야기해도 자산의 비중을 어떻게 조절할 것인지가 핵심이지, 주식투자를 어떻게 할 것인지가 우선시 될 수는 없다는 뜻이다.

아무리 설명해도 자산 배분의 중요성은 와닿지 않을 듯하다. 개인의 가진 자산의 크기는 그렇게 크지 않을 테고, 소득 역시 먹고 사는 것 이상으로 넉넉하게 월급을 받을 직장인은 많지 않을 것이기 때문이다. 그만큼 개인의 경제적 상황은 녹록지 않으니, 소액으로라도 큰돈을 벌고자 하는 마음이 주식시장에서 보여지는 개인 투자자들의 솔직한 마음이 아닐까!

성공한 투자를 이어가고 싶다

〰〰〰〰〰

　　좋은 종목을 골라서, 이왕이면 짧은 기간에 수익을 내면서, 주식으로 인생이 역전되기를 바라는 것을 투자자들은 바라고 있지 않을까? 그렇다면 좋은 종목이란 무엇이며, 수익을 내는 데 얼마의 기간이면 충분할까? 좋은 종목이란 도대체 무엇이며, 과연 수익을 결정하는 기간이 과연 예측 가능이나 할까? 불가능하다. 불가능한 것에 계속해서 희망 섞인 뉴스를 내보내는 곳이 언론이며, 이 뉴스를 재가공하여 투자의 희망을 불어넣는 곳이 주식시장이다. 나는 주식시장을 그렇게 생각한다. 끊임없이 뉴스가 쏟아지기 때문에 시장을 살아 숨쉬는 생물과도 같다고 표현하며,

성장과 후퇴를 반복하면서 끝내는 성장하기 때문에 주식시장은 지금까지 버틴 것으로 생각한다. 지금까지 그랬듯이, 앞으로도 그럴 것이다.

그러면 나는 언제쯤 주식을 끝낼 수 있을까? 결론부터 말하면, 끝낼 수 없을 것이다. 투자를 떠나서 돈에 대한 경제적인 관점 때문이다. 내 친구의 부모님은 농촌에서 여전히 농사를 지으시며, 나의 아버지도 지금까지 일하신다. 그러니까 돈에 대한 갈증은 몸이 쇠하기 직전까지 이어질 것이며, 끝내는 삶을 다해야 사라질 수밖에 없을지도 모른다. 나의 부모님과 할아버지를 보니 그랬다. 이따금 나는 다 쓰고 가는 인생이 좋다고 말하지만, 과연 나는 내가 모은 돈을 다 쓰고 이 세상을 떠날 수 있을까? 거짓말이다. 그러니 돈에 대한 갈증은 끝이 있을 수 없고, 남은 문제는 어떻게 돈을 벌 것이냐의 방법적인 문제만 남은 것이다.

주식을 해본 사람이 주식을 떠날 수 없는 이유는 단연 '불로소득의 최대 장점' 때문이라고 말할 수 있다. 농사나 노동처럼 힘이 들지 않으니 끝을 내기 힘들다는 점이다. 주식의 유혹에서 벗어날 수 없다고 나는 생각한다. 그래서 나는 피터 린치라는 위대한

펀드매니저를 가끔 떠올리곤 한다.

1900년 어느 봄날, 상장된 모든 주식 코드를 외웠지만 정작 자식의 생일은 기억하지 못했던 펀드매니저 피터린치는 자신의 46번째 생일을 화려하게 치르고 있었다. 파티는 밤늦게까지 이어졌고, 그는 구석의 의자에 앉아 잠시 쉬고 있었다. 문득, 자신의 아버지가 공교롭게도 46세 때에 돌아가셨다는 것이 떠올랐다. 그는 다가온 아내에게 이렇게 말했다. "이젠 가정에 충실해지고 싶다"라는 말을 내뱉었고, 이튿날 월스트리트는 뒤집혔다. '월스트리트의 전설로 남음 직한 기적 같은 수익률을 거둔 펀드매니저, 46세에 월스트리트를 떠나다.' 주요 신문에는 그의 은퇴에 대한 기사가 헤드라인을 장식했다.

주식투자를 해본 개인 투자자라면 한 번쯤 들어봤을 것이다. 그가 마젤란펀드를 운용하였던 동안 누적 수익률은 무려 2천703%이었으며, 연평균 29.2%의 이익을 거두었다. 총자산 2천 달러는 140억 달러로 불어났으며, 더 놀라운 것은 단 한 번도 손실을 내지 않았다는 점이다. 워크홀릭이었던 그는 1주일 내내 일했고, 기독교 신자였지만 일요일 출근도 마다하지 않을 정도로 주식에 단단히 미쳐 있었던 사람이었다. 개인 투자자들이 그를 존경하는 이유는 그처럼 높은 수익으로 부자가 되고 싶기 때문이다. 다른 이유가 있을 리 없다. 투자자에게 필요한 것은 오직 수익이다 그래서 사람들은 그의 책을 읽는다. 어떻게 하면 주식투자를 더 잘 할 수 있을지를 배우고 싶어서일 것이다.

그런데 그의 책을 읽으면 정말로 그처럼 부자가 될 수 있을까? 그처럼 성공한 투자자가 될 수 있을까? 아닐 가능성이 크다. 실제로 마젤란 펀드에서 고수익을 낸 간접 투자자들은 3%에 불과하다. 더욱이 그의 투자 운용 기간은 상당히 짧았다. 무엇보다 그가 펀드매니저로 활동한 시절에 시장 평균 수익률은

무려 15.8%에 달한다. 지금은 평균 7% 정도라는 것을 고려해야 한다. 무엇보다 그의 주식 활동 기간에 미국은 소련의 군사 경쟁과 일본의 경제 경쟁을 완벽하게 무너뜨리면서 패권 국가가 된 시점이었다. 그 어떤 시기보다 미국의 성장이 눈부셨던 기간이었다. 같은 관점에서 투자하는 당신이 성공하기 위해서는 어떤 좋은 종목을 고르는 것만큼 그 종목이 성장할 수 있는 주식과 경제의 시장 환경이 뒷받침되어야 한다. 따라서 그처럼 주식으로 부자가 될 가능성은 제한적이다.

가끔 나 역시 그의 이야기 속에서 주식투자의 아이디어를 찾곤 했다. 그가 말했던 10루타 종목이 무엇인지 궁금했고, 기업의 이익을 통해서 수익을 내기 원했던 것처럼 어떤 기업이 성장할지 궁금해서 책을 다시 펼치곤 했다. 그러나 나는 그의 스토리 속에서 무엇보다 '떠남'이라는 것이 어떤 것인지를 배우고 싶었다. 그리고 그를 닮고 싶었다.

공교롭게도 둘째는 나보다 하루 일찍 태어났다. 나는 9월 10일, 유민이는 9월 9일이다. 유민이는 아직 어려서 잘 모르지만, 어느 정도 커서 자기 생일을 챙길 나이가 될 때가 되면, 그때에는 아빠인 나도 한

번쯤은 생각하지 않을까? 그때 유민이는 아빠인 나를 어떻게 생각할까? 피터 린치처럼, 자신의 생일날에 아버지를 생각하면서 인생의 어떤 변화를 맞이하지는 않을까? 그때 아빠인 나는 어떤 사람일까?

　유민이가 아빠인 나를 어떻게 생각할지는 나도 모른다. 그건 아들의 인생이기 때문이다. 아빠인 나는 오늘도 열심히 살 것이며, 적어도 미래의 먼 훗날까지 경제적으로 부족한 아빠로 아들의 기억 속에 남고 싶지는 않다. 피터 린치처럼 성공한 투자를 이어가고 싶다.

주식을 시작하는 분들에게

우리 집의 경제부총리이자 대통령은 아내다. 민주적인 아내여서 집안의 모든 의사결정을 민주적으로 해결함과 동시에 그 결정권은 아내에게 있다. 월급을 타면 아내에게 곧바로 이체되고, 맞벌이여서 소득공제 혜택을 받기 위해서는 카드도 한 명으로 몰아 써야 좋다. 당연히 아내의 카드다. 술은 아주 가끔은 하지만, 담배는 피우지 않는다. 특별한 취미도 없으므로 개인적으로 특별히 들어가는 돈은 없다. 그래서 별도의 용돈도 받지 않는다. 현금은 책상 서랍에 항상 있고, 필요할 때마다 꺼내 쓴다. 몇몇 직장 동료들처럼 뒷주머니를 차고 싶기도 하지만, 아내와의 관계에서 신뢰를 가장 중요하게 여기는 나에게는 있을 수 없는 일이다. 이사를 오면서 부동산도 아내 명의로 등기를 냈다. 나는 우리 집의 경제부총리이자 대통령인 아내를 신뢰하고 사랑한다.

나는 아내에게 돈을 받아서 투자한다. 그리고 가끔 아내는 주식으로 돈을 얼마나 벌었는지 보여달라고 한다. 당연히 의심의 눈초리를 가지고 있다는 느낌을 지울 수는 없지만 말이다. 그렇게 나는 자신 있게 투자 현황을 보여준다. 인생을 역전할 만큼 엄청난 그로스(수익)을 가지고 있지는 않아도, 내가 투자한 종목 중에는 수익률 100%가 넘는 종목도 서너 개 있고, 항상 시장 수익률보다 훨씬 높다.

투자 상황을 볼 때 아내의 표정으로 나는 짐작할 수 있다. 무표정이면 좋은 거다. 칭찬까지는 바라지도 않지만, 무표정의 뜻은 '잘하고 있네'라는 뜻과 진배없다. 주식에 대해 잘 모르는 아내는 '주식하면 부자 된다'라는 생각이 있는 것 같기도 하다. 그러나 주식을 한다고 부자가 되는 것은 결코 아니다. 내 인생을 걸 만큼 투자금이 크지 않고 소액으로 투자하여 부자가 된다는 것은 작전과 테마주에 몰두하여야 가능하다. 투자가 아닌 투기임을 인정하고 도전을 해야 가능한 시나리오다. 주식시장이 늘 좋은 것은 아니기 때문에 가끔은 정체한다. 그때 나의 주식 수익률도 정체한다. 그런 때에 아내가 계좌를 보여달라고 하면 곤혹스럽다. 지난달과 수익이 별반 차이가 없기 때문이다. 그때마다 혼쭐이라도 나는 것처럼 아내의 표정이 두려워진다. 아이들의 학업 성적표만큼이나 주식에 투자한 투자자에게 수익률이란 것은 그런 의미다.

　　직장 동료, 그리고 내가 아는 지인 중에는 몰래 주식을 하는 사람들이 있다. 내 선배 중에 한 분은 가끔 이런 말을 한다.

"퇴근하면 카톡으로 주식 정보 보내지 마라.
들키면 혼난다."

　　사람들은 주식을 왜 몰래 할까? 더욱이 주식투자가 보편화된 일상 속에서 어디서든 사람들의 주식 이야기는 끊이지 않는다. 그런데 나는 그들의 주식 계좌를 본 적이 한 번도 없다. 딜레마다. 주식을 하는 것이 맞을까 싶을 정도다. 그러니까 주식으로 돈을 번 사람은 극히 드물고, 대부분은 잃은 것을 만회하기 위한 투자를 한다. 내가 그들의 수익을 확인하지 않았기 때문에 알 수는 없으나, 내 직장 동료들의 대부분은 잃은 것을 만회하기 위한 투자를 이어간다는 것을 이야기 중에 짐작하게 되곤 한다.

아무도 당신에게 주식하라고 강요한 사람은 없다. 코로나 이후에 주식투자가 보편화된 일상이라지만, 여전히 사람들에게 주식투자는 돈놀이에 가깝다. 그래서일까? 사람들은 몰래 주식을 한다. 아내 몰래 주식하는 사람은 정말 많고, 남편 몰래 주식하는 분들도 나는 몇몇을 알고 있다. 부부간에 가장 중요한 것은 신뢰이며, 모든 신뢰 가운데에서 돈과 관련된 신뢰는 가장 중요하다. 세상의 대부분의 일은 돈과 관련되어 비극이 시작되기 때문이다.

나도 안다. 아내 몰래 주식하는 남편들이 주식으로 돈을 벌어서 가장 하고 싶은 것은 자신보다 가족을 위한 생계에 가까운 투자라는 점을. 동시에 주식투자를 하는 사람들은 수익의 유혹에서 벗어나지 못하여 주식시장을 떠나지 못한다. 주식을 하면 떨어질까봐 걱정이고, 주식을 하지 않으면 오를까봐 걱정인 것이 주식을 해본 사람의 마음이다. 그러니까 주식을 하는 사람들은 투자로 발생하는 수익을 통해서 자신의 존재를 증명받고 싶어 할지 모른다. 그렇게 돈을 벌면 다행이겠지만, 돈을 잃었을 때 그들은 조용해진다. 시무룩해지면서 세상의 모든 근심을 다 가진 십자가의 예수처럼 몇 날 며칠을 보낸다. 왜? 그래야 할까? 몰래 시작했기 때문이다. 그러니까 잃은 것을 만회하기 위해 또다시 어딘가에서 돈을 빌려와서 판돈을 키운 도박 같은 모험을 감행한다. 역시나 잘되어 수익이 만들어진다면 상관없는 일이겠지만, 반대로 주가가 흘러간다면 상상하기 힘든 끔찍한 결말로 치닫게 되는 것이다.

아내에게 투자의 시작을 말하고 벌어졌다면 아무 문제가 없다. 그러나 몰래 시작한 주식은 돈을 벌어도 문제요, 돈을 잃어도 문제가 된다. 촉이 좋은 아내는 어디서 이 돈들이 생겼는지 묻게 될 것이기 때문에 끝내는 들키게 되어 있다.

주식투자를 하는 사람들에게 하는 조언 대부분은 '빚내서 하지 마라'일 것이다. 하지만 가만히 생각해보면 사람들은 돈이 없으니까 빚을 내면서까지 하는 게 아닐까. 왜? 빚을 내서라도 주식을 하면 될 것 같기 때문이다. 미천한 투자금으로는 인생 역전이 될 것 같지 않기 때문에, 판돈을 키워서 주식을 하는 것이다. 그래서 나는 그 마음을 충분히 이해한다. 그러나 그렇게까지 해서 인생 역전이 될 것 같은 자신감이 있다면, 그 자신감을 아내에게 꼭 말하고 시작하라고 말하고 싶다. 그래야 뒤탈이 없다.

혹여나, 아내 분이 이 글을 읽는다면! 혹여나, 당신의 남편도 그럴 가능성이 충분하다. 주식투자에 남녀가 없는 작금의 현실에서 아내 역시 남편 몰래 하고 있을지도 모른다. 그만큼 주식투자가 너무 보편화된 시대다. 부부는 본디 신뢰로 만들어지는 관계라는 점을 명심하여 이왕이면 부부가 함께 주식투자를 했으면 좋겠다. 주식투자는 가정 경제에 정말 큰 보탬이 되기 때문이다.

이루고 싶은 것에 대하여

졸업 취업 결혼 육아, 돌이켜보면 내 삶은 이 네 가지의 소중함도 가득했다. 어떤 사람과 비교해서 특별하게 뛰어난 것도 없었고, 대단한 성과를 만들어 낸 것도 없었다. 그런데도 매 순간 성실히 살았다고 자부한다. 부모님에게 말썽을 피우는 자식도 아니었고, 부모님의 어깨에 기대어 살지도 않았다. 삶의 부딪히는 문제들을 스스로 해결하면서 살았다. 감사하게도 살면서 부딪히는 수많은 문제가 잘 풀렸다. 공부도 일도 열심히 했고, 사랑스러운 아내를 만나서 두 아이의 아빠가 되기까지 했다. 한 번도 내 집이 아닌 곳에서 살아본 적이 없고, 지금은 방이 4개나 있는 넓은 집에서 살고 있다. 젊어서부터 내 차가 있었기 때문에 전국 팔도를 돌아다닐 수 있었고, 비행기 타는 것을 좋아하는 아이들 덕분에 해마다 한두 번씩은 트렁크를 싸서 참 많은 나라를 여행하기도 했다. 돌이켜보니 참 잘 살았다는 생각을 스스로 하게 된다. 브라보 마이 라이프!

어떤 삶이 좋은 삶일까? 정답은 뻔하다. 후회하지 않고 살 수 있으면 그것은 분명 좋은 삶이다. 가끔 누가 내 삶을 바라보면서 나처럼 살고 싶다는 생각을 할 수 있다면, 적어도 나는 부끄럽지 않은 삶을 산 것이라고 확신한다. 나는 그렇게 살고 있을까? 한번도 물어보지 않았으니까 알 수는 없다. 적어도 나는 나의 지나온 삶을 후회하지 않는다.

누구에게나 미래는 막연한 것이다. 그렇다고 걱정할 필요는 없다. 걱정되는 것이 있다면, 그 걱정을 해결하기 위해서 준비하면 된다. 아프면 건강해지기 위해 노력하면 되고, 이루고자 하는 목표가 있다면 밤을 새워서라도 공부해서 성취하면 된다.

그러면 오늘을 사는 사람들에게 가장 막연한 것은 무엇일까? 저마다 다른 막연함이 있겠지만, 적어도 미래에 대한 경제적인 두려움이 가장 막연한 것

중의 하나는 아닐까?

솔직하게 그런 막연함은 나에게 없다. 열심히 일하고 있기 때문이고, 아내 역시 열심히 일한다. 둘이 벌어서 아이 둘을 키우는 것은 그렇게 어려운 일이 아니다. 때로는 일과 일상의 반복 속에서 지치기도 하지만, 그것도 없이 세상을 살고 싶다면 불만이고 불평이다. 지금까지 살아온 것처럼, 앞으로도 살면 된다.

사람의 욕심은 끝이 없어서 가진 것이 있는 사람이나 없는 사람이나 어제보다 더 가지고 싶은 것이 본디 사람의 마음이다. 나 역시 마찬가지다. 그렇다고 더 빨리 그것을 원하고 싶은 생각은 추호에도 없다. 어차피 우리 집 가정 경제의 돈줄은 아내가 쥐고 있다. 나는 아내가 주는 돈만큼이라도 잘 굴려서 그 돈을 아이들에게 물려줄 생각이다. 솔직히 아이들에게 물려줄지 아닐지는 모른다. 그때 가봐서일지도 모른다. 명절에 할머니 할아버지에게서 받은 세뱃돈을 우리 부부가 야금야금 빼먹었다는 것을 아이들은 알기나 할까?

***

　누구나 잘 살기를 바란다. 나 역시 마찬가지다. 세상이 변해서 노동만으로 잘 살 수 있는 그런 세상은 아니다. 네덜란드의 어떤 중학생이라면 모를까, 이 땅에서는 어림도 없는 소리다. 그래서 나는 투자한다. 그 투자가 잘 될지 안 될지는 모른다. 유한한 인간이 미래의 무한한 시간을 어떻게 예측할 수 있겠는가. 어떠한 강한 확신도 없다. 그래서 나는 누군가에게 일절 주식에 관해 이야기하지 않는다. 그저 내가 선택한 투자를 이어갈 뿐이다.

　이왕이면 잘하고 싶다. 이왕이면 이 시대를 살아가는 대부분 사람이 그렇듯이 경제적으로 막연한 불안감을 가진 채 주식을 해야 하는 사람들에게 작은 도움이 되고 싶다. 그래서 실력이 아주 좋지는 않아도 내가 투자하는 오늘을 공유한다. 후회하지 않고 살아가면 좋은 삶이듯이, 후회하지 않고 투자하면 좋은 투자다. 누군가가 나를 바라보면서 나처럼 되기를 바란다면, 그건 금상첨화다. 좋은 삶이고, 훌륭한 투자다.

　그래, 가끔 나도 지겹다. 시시포스의 무거운 돌

처럼 먹고 살아야 하는 이 지겨운 반복 속에서 가끔은 해방이 되고 싶기도 하다. 그러나 그 누구도 그 반복 속에서 해방이 된 사람은 없다. 적어도 그 반복이 평생을 가게 해서는 안 된다. 하여, 정년을 맞이하는 그 순간까지는 최선을 다해볼 생각이다. 어차피 잃을 것도 없다. 내 인생의 모든 것을 주식에서 승부 볼 만큼 배짱 좋은 투자자도 아니다. 더 정확하게 말하면 나는 주식에 미쳐있지 않다. 열심히 일하고, 아이들 열심히 가르치고, 열심히 놀고먹다가 남는 돈이 있으면 노후를 위해 주식을 살 뿐이다. 단타를 칠 것도 아니어서 주식을 사고 또다시 열심히 모드로 일상을 살아가면 된다. 그러다 보면 어느새 부자가 된다. 내가 젊어서 그랬듯이, 나의 노후에는 또 다른 멋진 미래를 만나게 될 것이라고 나는 확신한다. 그것이 자본주의가 말해주는 성공의 방정식이기 때문이다.

Get rich slowly. 내가 좋아하는 격언이다. 누구나 부자가 될 수 있다. 다만 시간이 필요할 뿐이다. 천천히 천천히. 성공한 사람들은 언제나 인내하라고 말한다. 맞는 말이다. 나는 여기서 한 술을 더해 자신 있게 말하겠다. 인내는 애당초 할 필요가 없다. 오늘을 열심히 살기만 하다면! 열심히 일하고, 돌아와서는 가족들과 오붓한 시간을 보내고, 주말에는 열심히 놀고. 그사이에 인내할 시간이란 있을 수 없다. 퇴근하고 아이들과 시간을 보내면 피곤해져서 언제나 아이들보다 먼저 곯아떨어진다. 그렇게 하루하루 잘 살면 되는 것이다. 그러다 보면 필연적으로 좋은 미래를 만날 수밖에 없다. 이것이 내가 이루고 싶은 것이다.

직장에서 지인들과 저도 가끔 주식 이야기를 합니다. 그것을 해보신 분들은 아실 겁니다. 이야기는 꼬리에 꼬리를 물고 끝이 나질 않습니다. 밤을 새워서 이야기해도 끝이 나지 않을 겁니다. 동시에 그 이야기들은 결론이 나질 않습니다. 그 이유는 자기가 하는 이야기를 끝까지 밀어붙이기 때문일지도 모릅니다. 그래서 저는 조용히 듣기만 합니다. 그래야 다투지 않고 사이좋게 이야기가 끝나더라고요.

'어쩌다 보니, 주식'을 하게 되었고, '어쩌다 보니, 주식 카페의 방장'이 되었고, 또 '어쩌다 보니, 주식투자와 관련된 글'을 쓰고 있는 저를 발견합니다. 내일의 주가를 알 수 없듯이, 제가 이렇게 글을 쓸 줄은 상상도 못 한 현실이 되었습니다.

출판사에서는 70페이지 정도 더 쓰면 된다고 알려주셨습니다. 덜컥 겁이 나더군요. '그걸 어떻게 채우지?' 하는 생각이 들었습니다. 그런데 신기하게도 쓰다 보니까 70페이지가 넘어가는 겁니다. 역시 주식

이야기는 밤을 새워도 끝이 나질 않는 것 같습니다. 스스로 한참을 웃었답니다.

어떻게 끝을 맺는 게 좋을지 생각해보다가 제가 좋아하는 주식 격언을 남기고 싶은 생각이 들었습니다.

"수영을 잘할 필요는 없다. 둥둥 떠 있기만 하면 누구나 바다로 갈 수 있다."

주식을 하다 보면 잘하고 싶은 생각이 들 때가 있습니다. 초심자에게 찾아온 행운은 돈을 벌게 해주고, 이렇게 번 돈은 어깨에 힘이 들어가게 합니다. 주식으로 뭔가 될 것 같거든요. 그러면 점점 더 멋지게 수영을 하고 싶어집니다. 그런데 문제는 그때부터 시작되더군요. 수영을 잘하려다가 물에 처박힌 사람들을 숱하게 봤습니다. 돈을 '벌기 위한 투자'는 '잃은 것을 만회하기 위한 투자'로 변질됩니다. 모두가 주식으로 돈을 벌었다면, 오늘날 이렇게 많은 사람이 새롭게 주식을 하지 않았을 겁니다. 그만큼 주식투자는 어려운 과정일지도 모릅니다.

주식투자로 쉽게 돈을 버는 방법은 주식을 잘해서가 아니었습니다. 그냥 가만히 있으면 알아서 돈이 쌓이게 되는 것이었습니다. 수영을 잘할 필요가 없습니다.

주식을 잘하려고 노력하는 순간부터 사람들은 돈을 잃었습니다. 어차피 불로소득이잖아요. 주식을 하다 보면 자연스럽게 관심을 끌게 되고, 그 관심이 지나치면 주식노동을 하게 됩니다. 노동은 열심히 하면 급여가 많아지지만, 불로소득은 열심히 하면 할수록 스스로 가진 욕망의 덫에 빠져들어 헤어 나오질 못하게 됩니다. 그러니 가만히 있으면 되는 겁니다. 불로소득이기 때문입니다.

잘하려고 하지 마세요. 둥둥 떠 있기만 하면 누구나 바다로 가듯이, 가만히 있으면 부자가 됩니다.

꼭 부자가 되시길 바라봅니다.

어쩌다 보니, 주식

1판 1쇄 발행 2021년 8월 10일
1판 1쇄 인쇄 2021년 8월 17일

지은이 이학호

펴낸이 정용철 **편집인** 이경희, 김보현 **디자인** ⓒ단팥빵
제작 제이킴 **마케팅** 김창현 **홍보** 김한나 **일러스트** 이민경
인쇄 (주)금강인쇄

펴낸곳 도서출판 북산
등록 2010년 2월 24일 제2013-000122호
주소 서울시 강남구 역삼로 67길 20, 201호
전화 02-2267-7695 **팩스** 02-558-7695
홈페이지 www.glmachum.co.kr **이메일** glmachum@hanmail.net
블로그 blog.naver.com/e_booksan **페이스북** facebook.com/booksan25

ISBN 979-11-85769-40-0 03810